文春文庫

買い物とわたし

お伊勢丹より愛をこめて

山内マリコ

目次

Cheap

ART

まえがき

のっけからものすごく俗っぽい言い方でいやになるけれど、生きることは、買い物することである。食べるものからなにから、買い物なしには生きていけない世の中だ。とかく女性は買い物が好きだし、女性をターゲットにした商品が街にもネットにも溢れている。

たしかに買い物は楽しい。けれどももちろんお金は有限なので、あれもこれもというわけにはいかない。お金どころかおうちの収納スペースの問題だってある。なにより重要なのは、自分はその商品の、どこをどう気に入ったかということ。何気なくポンとレジでお金を払う行為も、実はフル回転で考えた結論だし、身の回りのものすべては、その積み重なりである。ちょっと大げさに言えば買い物へのスタンスは、そのまま生き方に直結する。

本書は「週刊文春」にて、二〇一四年春から一年ちょっとの間連載されていたエッセイ「お伊勢丹より愛をこめて」をまとめたものです。買い物を通して、好きなものへの思い、暮らし方、買い方、処分の仕方、近ごろの消費傾向、ほのかなエコ意識、果ては現代社会のあり方なんかにも思いを巡らす、雑駁なエッセイになっています。

年齢でいうと三十三歳から三十四歳にかけて。安くてカワイイ大量消費にさんざん踊らされた二十代が終わり、多少値は張っても、ずっと使えるいいものが欲しくなってきたころ。さらには連載中に結婚して新居に引っ越したりもして、いろいろと物入りな時期でもありました。

自分で稼いだお金で、好きなものを買える自由をいよいよ謳歌しつつ、不況育ちのせいか、ものとの向き合い方がシビアに追求される時代のせいか、そうそう無邪気に消費を楽しんでもいられない……。それでも、個人的にこれは！と思ういい商品を、誌面を通して紹介できて、反響をもらえるのは、とてもうれしいことでした。

毎回チャーミングなイラストを描いてくれた川原瑞丸くん、担当してくれた栞名ひとみさん、可愛い本にしてくれた加藤彩子さん、ありがとうございました。なによりこの本を、お金を払って買ってくれた読者の方に、心からの感謝を！どうかどうか、（お値段以上に）楽しんでいただけますように。

買い物とわたし

〜お伊勢丹より愛をこめて〜

山内マリコ

行き着く先はプラダの財布

あれはたしか、25歳をちょっと過ぎたころ。久しぶりに会った高校の同級生の財布がルイ・ヴィトンの長財布に変わっていて、「おやっ!?」と思ったことがあった。まだまだ学生気分を引きずっていたわたしには、ヴィトンの財布というとどこか遠い世界のアイテムという感じがして、「友よ、君はもうそんな大人に……」とせつなく思ったものだ。

そのときわたしが使っていたのは、大学時代に地元富山のセレクトショップで買った、イル ビゾンテの二つ折り財布。イル ビゾンテはイタリアの革メーカーで、値段はたしか2万6000円くらいだった。会社で働きはじめた友達と、就職せずにのらりくらりと生きていたわたしの人生の違いが、財布の形になって表れている気がした。

ブランドものには興味がないわ〜、とうそぶいていたものの、ヴィトンの財布はたしかにちょっとうらやましかった。けれどわたしは、手垢にまみれてクタクタになじんだイル ビゾンテの茶色い革財布が、自分にすごくしっくりきていると思っていたので、買い替えようとまでは思わなかった（あとお金もなかった）。わたしが真に「ブランド財布が欲しい！」と目を血走らせるのは、そこからさらに7年後、32歳になったときである。

2012年に単行本デビューして、長かった文学的ニート時代に別れを告げたとき、わたしはまだ例の財布を使っていた。そしてどうにか一介の「作家」となった自分は、急にその財布を恥じるようになった。イル ビゾンテはいいブランドだけど、2年で買い替えるのが風水的に（？）いいとされる財布を10年以上使ったら、さすがになんか邪気がすごくて……。

人様の前に出しても恥ずかしくない財布が欲しいと思いはじめ、それってつまりそこそこちゃんとしたブランドものってことで、わたしはようやく件《くだん》の友人と同じ立場に立ったわけである。きっと彼女も、社会人として恥ずかしくない財布を求めてヴィトンに至ったのだろう。ああ友よ、いまこそ君と一緒にお買い物がしたい……と思いながら、わたしは一人お伊勢丹を彷徨《さまよ》った。

お伊勢丹とは新宿三丁目にある、チェックの紙袋で有名な百貨店、伊勢丹新宿店のこと。不況で経営難に陥るデパートの様子ばかりを見てきたわたしにとって、お伊勢丹は百貨店に対する畏敬と憧憬をいまもかき立ててくれる特別な場所なのだ。

さて、7年の時を経てようやく社会人のスタートラインに立ったわたしが選んだのは、プラダのショーケースに上品に鎮座していた、ピンクベージュの長財布である。硬くてしっかりしていて、なにより高級な革ならではのイイ匂いがする！　買ってしばらくは暇さえあれば、財布に鼻を当ててスーハースーハー、シンナーみたいに吸っていた。

それにしても、約9万円とは相当高額である。財布ってこんなに高いものなのかとビックリした。そして高揚した気分で店を出るなり、心中こうつぶやいたのだった。

「仕事がんばろう……」

人生初の本格的なブランドものを買うにあたって、なぜ迷わずプラダを選んだのか。そこに小沢健二『痛快ウキウキ通り』の歌詞からの影響は否定できまい。この曲によってある世代がプラダに抱くイメージに紗《しゃ》がかかったことは間違いないと思う。かと言ってオザケンがプラダからロイヤリティをもらったりはしていないはず。本書に出てくるアイテムも当然ながらすべて自腹で購入しております！

グレーのパーカーは第二の皮膚

なにを着ていいかわからない、季節の変わり目の救世主、スウェットのパーカー！　シャツ一枚では肌寒い日の羽織ものとして、年中活躍する万能アイテムである。ユニクロあたりではカラーバリエーションも豊富だけど、パーカーといえばなんといってもグレーだ。墓石のようなあのうすいグレーは、どんな服の色にも見事にマッチし、一度着ればその便利さの虜となって、手放すのは難しい。そんなわけで春先や秋には、グレーのパーカーで温度調節している人が街中に溢れ出す。

わたしも長年グレーのパーカーを愛用していたけれど、ある日嫌気が差して、「こんなものォ！」と思い切って捨てた。〝便利なものはおしなべて下品である〟と誰かが言っていたけれど、グレーのパーカーは着るとたちまちテンションが下がってやる気がなくなるのが大きな欠点だ。存在からして冴えない大学生っぽいというか、宿命的に貧乏臭いアイテムなので、オシャレに着こなすのは至難の業だ。どんな安物を着てもそこそこ様になる20代ならまだしも、30代となり若さに勢いがなくなってきた自分とグレーのパーカーは、相性がとても悪い。

しかしワードローブからパーカーがなくなった途端、着るものにすごく困ってしまった。ニットだと暑く、カーディガンでは寒い微妙な気候にフレキシブルに対応できるアイテムとして、やはりパーカー以上のものはない。そしてわたしは究極のグレーのパーカーを求めて、お買い物という名の旅に出た。

某セレクトショップで店員さんオススメの、2万円台の高級パーカー(背中に聞いたことのないブランドのロゴ入り)を試着したところ、リアーナみたいなシルエットになった。同じパーカーでも、わたしが着ていたファストファッションのものと、ラッパー仕様とではこうも違うのかというほど、値段によってグレードに差が出る。リアーナのパーカーを着ると必要以上にイイ女っぽくなるけど、安物パーカーだとたちどころに貧相な

感じに……。そのどちらでもない、ほどよいパーカーはこの世にないのか⁉

とお店でぶつぶつ言っていたら、店員さんが「パーカーといえばドレステリアですよ」と教えてくれた。オシャレピープルの間では有名な、名作パーカーなんだとか。いいこと聞いたぜ！　とさっそく購入（約1万6000円）。たしかに形がよくてサマになるものの、オシャレゆえ作りがタイトすぎて、下にあんまり重ね着できないのが難点だった。ノースリーブかせいぜい半袖Tシャツの上にさらっと羽織るのが、ドレステリアのパーカーの正しい着方であると思われる（袖がめちゃくちゃ細いので）。

でも、そんなのパーカーとして失格だよ！　とわたしは密かに思っている。真のグレーのパーカーとは、合わせる服なんて微塵も考えさせないもの。すべてをあるがままに受け入れる、度量の広いものなのだ。

アイテム本来の利便性と適度なオシャレを両立した究極のパーカーには、いまだに出会っていない。

これを書いたあと、行きつけの駆け込み寺（トゥモローランド）で買ったマカフィーのパーカーをずいぶん愛用しました。内側がボア、フードの裏がフェイクファーになったもので、お値段はやはり1万6000円くらい。ゆったりした作りな上にとても暖かいのでかなり重宝したものの、着すぎてボロボロになり現在は部屋着に。薄着でうちの猫（名前はチチモ）を抱くときは、このパーカーをプロテクター代わりに着用します。

椿オイルと馬油クリーム

あるひと頃から、20歳くらいの女の子のお肌と髪が、文字通り輝いて見えるようになった。髪は濡れたようにしっとりしているし、頬のてっぺんはふっくらツヤ光り。思わずとっ捕まえて、「化粧水なに使ってんの⁉」と問い詰めたくなるような眩しさなのである。自分が大阪の片田舎でうだうだやってた20歳のころは、まわりにこんなに肌がピカピカした子はいなかったよ、やっぱ東京の女子は気合入ってんな～と思っていたけれど、違った。自分が年を取っただけだった。若さって、かけがえのないものなんだなぁ……と、このときようやく気が付いたのだった。

本当に若い人は若さに対して無頓着だし、嫌悪すらしているもの。わたしも10代～20代の前半までは、鏡を見ても毛穴や小鼻の角栓しか目に入らなかったし、洗っても洗っても半日後にはべたつく髪を嫌だな～と思っていた。そういえば20代のとき、親戚の家で撮ったわたしの写真があまりに可愛いと、父と兄の間で話題騒然（？）になり、わざわざ電話がかかってきたことがあった。「え、そんなに可愛く撮れてんの？」どれどれ～と見てみると、ほっぺたパンパンでムチムチしてて、全然可愛くなくてガッカリした記憶がある。あの写真に写っていたのは若さに他ならなかったのだけど、若い自分には見えなかったのだ。やはり若さの素晴らしさは若いもんにはわからんのじゃ。

さて、なにが言いたいのかと言うと、30過ぎたら自前で脂が生成できなくなったということである。肌ツヤも髪のツヤも、すべては脂分で出来ているわけで……。せっかく苦労して黒髪に戻しても、脂分がないせいで往年のようなツヤは出ず、質感が妙にマットだし、乾燥が怖くてパウダーファンデーションも使えない。かくしてわたしもついに、オイルを顔面に直塗りするという、宇野千代的なスキンケアにシフトすることに。

よく新聞に、宇野千代大先生監修のオリーブオイルの広告が出ているけど、わたしがこのところ愛用しているのは、京都に旅行したときに買った、ちどりやの椿オイル（1400円＋税）。これを手のひらに数滴のばし（前は1滴だったけど、最近は4滴くらいいってる）、入浴後の濡れた肌に直接ぬりぬりして、あとは普通に化粧水&乳液をつける。仕上げに「デキるOL御用達‼」の文言が光る馬油《ばーゆ》クリーム（明色化粧品リモイストクリーム・約1000円）を塗り込めば、翌朝驚くほどしっとりに（しかし寝る直前はギトギト）。

　ちなみにオイルもクリームもプチプラなのは、将来への備えである。一度お高いコスメ（1万円以上する美容液やドゥ・ラ・メール等）を使ってそれに肌が慣れたら最後、二度と安いものでは効かなくなるという俗説にビビりまくっていて、スキンケアは値段と年齢と相談しながら、徐々に価格帯を上げていく構えなのだ。そうして女の最終到達地点、ドモホルンリンクルにお電話するタイミングを、引き延ばそうとしているのであ〜る。

これには後日談があって、掲載直後なんと再春館製薬所様から連絡が。すわクレームか!?とビクビクしたのですが、「高いものを使ったら安いのは効かなくなるなんてことはないので、若い人にも気兼ねなく使ってもらいたいんです」とのこと。ファッション誌にて実際にドモホルンリンクルを使わせてもらった使用感や感想を報告させていただきました。たしかにその後プチプラに戻しても、なんの問題もなかったです!

沖縄のシャイで優しいやちむん

２０１４年3月、生まれてはじめて行った沖縄は寒かった。Tシャツと水着とサングラス持参で、大変浮かれた気持ちで行ったものの、滞在中ずっと薄曇りで風が強く、肌寒いのなんの。「沖縄の3月は初夏」という素敵な情報を信じてたのに……。

天候には恵まれなかったけれど、旅のお目当てであるやちむんは大漁で、ほくほくしながら帰って来た。やちむんとは沖縄の焼き物のこと。表面にアースカラーの斑点がちょんちょんとちりばめられている感じがなんとも可愛らしくて、ずっと欲しいと思っていたのだ。もちろんネットで簡単に買うこともできるけど、どうせなら現地で、ちゃんと現物を見て選びたいと思い、〝カートに入れる〟のを我慢していた。その我慢が、壺屋やちむん通りで弾け飛んだ。

沖縄一の繁華街、那覇市の国際通りからほど近い場所にある壺屋には、器の店がひしめいていた。扱っている商品は同じやちむんだけど、どのお店も個人がやってる小さな店舗で、それぞれにちゃんとカラーがある。散財しないよう警戒していたのに、気づけば財布の紐は緩みまくって、大皿中皿小皿、カップアンドソーサーにポットまで、うちの食器棚に入るであろう限界の点数を購入していた。お値段はまちまちだけど、小皿で700円とかだから、基本どれも普通の皿の値段である。やちむん通りを一軒一軒見て回る間に目が肥えて、「むむ、これはイイやちむんだ。作家ものだな」と睨んだら、当たっていたりした。

東京のシャレオツな店では、商品（というか作品？）の横に、取り澄ました感じのポップが必ずついていて、これは作家の誰々さんのものです、としっかり明記されているものだけど、壺屋やちむん通りにその手の解説はなかった。いかにも「おばあのみやげもの屋」的佇まいの、30年前から何一つ変わっていなさそうな雑然とした店に、2000円台の商品に紛れて妙にアバンギャルドなカップが並んでいたから、なんの気なしにレジに持って行くと、のん気に三線《さんしん》の練習をしていたおばあが、「あ、これは山田真萬《しんまん》さんのだから、ちょっと高いよ?」とか言う。あとでその山田さんを検索したら、「沖縄陶芸界を代表する作家の一人」とかヒットしてビビる。おばあ凄し! おばあの店も、もったいぶったポップつければもっと売れるのにな、と思うが、そうなったら嫌だな、とも思う。

ともあれ、やちむん通り全体に漂う、あんまり商売が上手くなさそうな感じ、やる気があるのかないのかわからない感じは、非常に心安らぐものだった。男性の店員さんがおしなべてシャイなのも好感。あんまり目は合わせてくれないけど、みんなとても親切だった。

大きな店では小売だけでなく卸《おろし》もやっているようで、なかには「伊勢丹新宿店様」と書かれた商品の山が、段ボールに詰められて集荷待ちしていた。さすがはお伊勢丹、やちむんも売ってるのか。そりゃ売ってるか。

壺屋やちむん通りで入った店の棚に、桜井幸子の写真集『ふたりぼっち』が商品とともに飾られていた。「ん？　これは一体どういう……」と訝しがって店主（若い男性）に質問したところ、「桜井幸子のファンなのだが自分は口下手だから、この写真集をきっかけにお客さんと交流できればと思って置いてみたんです」とのこと。おしゃれな店だったにもかかわらずこの純朴さ！　沖縄男性のピュアネスに圧倒された出来事だった。

蚤の市で馬、犬、そして猫の皿

沖縄につづき、生まれてはじめて行った4月のパリは、まさに花盛りだった。街路樹のマロニエは白い花をつけ、公園の花壇には色とりどりのポピーが咲き、芝生にはマーガレットをすごく小さくしたような白い花が群生し（あとで調べたらローンデージーというキク科の雑草だった）、そして花屋の店先がいちいち洒落ていた。「こんなに花に心惹かれるなんて、もうそんな年なのかなぁ」と同行の友人に言うと、「いや、パリの花は日本の花とはケタ違いに素敵だよ」と、彼女も逐一デジカメで撮りまくっていた。ああ、パリの花は本当に美しかった。

今回の旅は一応取材を兼ねてはいるものの、これといった目的のないぼんやりした観光旅行。免税の対象（175ユーロ以上、日本円で2万50

00円くらい ※当時）になるような大きな買い物はしなかったけれど、唯一本気で「欲しぃ！」と思ったのが花だった。しかし旅先で生花を買ってもな……。

帰国した翌日、ちょうどテレビドラマ『続・最後から二番目の恋』の第1話でキョンキョンがパリに行っていた。ポール&ジョーなどで豪快にショッピングするウキウキ描写を見て、そうか、パリってこうやって満喫するもんだったのかと思う。でも、ポール&ジョーもお伊勢丹で売ってるし。バレエシューズで有名なレペットも、ロマンチックなアクセサリーの店レネレイドも日本上陸し、世界中のありとあらゆるものが東京で買える現代、パリに行ってなにを買うかは、極めて難しい問題である。物欲の鬼だった20代ならいざ知らず、断捨離&こんまり先生ブームを通過したわたしは、買い物に慎重になっているのだ。

パリでしか買えないものを求め、土曜に早起きしてヴァンヴの蚤の市に出かけた。銀のカトラリーやフェーブ（陶器のお守り）、リネン、味のあるヘタウマ素人絵画など、カワイイとキタナイの中間をいく素敵なガラクタが山のように売られていた。スリに狙われないようにバッグを前に抱えながら歩き、気になったものがあれば足を止めて「コンビアン（いくら）？」。大抵まけてくれるので、気を良くして買ううちに、けっこうな大荷物になってしまった。うちの愛猫チチモの水飲み用にカフェオレボウルを、自分用には馬に乗った兵隊の絵と、犬のぬいぐるみを購入。

日曜はもっと規模の大きいクリニャンクールの蚤の市に行く予定だったので、「今日はこのへんにしといたるわ」と、昼前には退散した。翌日も張り切って早起きしたものの、クリニャンクール行きのメトロの様子がどうも怪しい。乗客がみな輩（ヤカラ）なのである。車内に充満するのは、蚤の市に向かう楽しげな気分ではなく、仕事（スリ）に向かう人々の殺気。「超怖いんですけど……」と震えながら駅で降り、地上に出ると、そこに広がっているのは徹頭徹尾、マチュー・カソヴィッツの映画『憎しみ』の世界であった。あまりの治安の悪さに足がすくみ、「君子危うきに近寄らず！」とメトロに飛び乗ってUターンした。本当に怖かった。

怖かったと言いつつも、この旅行ですっかり蚤の市に魅了され、最近は東京都内の骨董市をめぐるのがささやかな趣味です。一度古いものに目覚めたら、二度と新品や量産品では満足できない体になるらしく、身の回りの品があっという間にアンティークに駆逐されていきました。部屋をぱっと見渡しても、新品で買った家具はベッドだけ！古物にまみれて暮らしてます。

ロンシャンのナイロントート

最近なぜか尼さんのように物欲が薄い。せっかくパリでお店に入っても、「ん〜欲しいっちゃ欲しいけど、いらないっちゃいらないんだよね〜」という感じで、蚤の市以外とくに買い物もせずに帰って来た。

一応これでも行く前は、「シャネル本店でマトラッセ（キルティングのバッグ）を買う」というベタな野望をうっすら抱いていたけれど、いまのレートでは大してお得じゃないと聞き、さらに免税の手続きも面倒くさそうなので、じゃあ別にいらねーやとさっさとあきらめた。そしていま、シャネルを断念したわたしの手元に、まったく買うつもりのなかったロンシャンのナイロントートがある。なぜだ。

ロンシャンという名前を知らなくても、ナイロン製、台形、取手と上蓋部分だけ革、売り場では主に折りたたまれた状態、というヒントで、「あ、あれね」と思い当たる人は多いはず。広告にはケイト・モスやアレクサ・チャンなど英国人が起用されているので、イギリスのメーカーかと思っていたけれど、れっきとしたフランス製だった。本来はレザーのブランドらしいが、ロンシャンといえばあの折りたためるナイロントートのイメージがとにかく強い。ただ持っている人はよく見かけるけど、これまで欲しいと思ったことは一度もなかった。

それがパリを発つ日、シャルル・ド・ゴール空港で時間を潰していたときのこと。待ち合いに入ったカフェのとなり、各種ブランドが揃った免税店の一角に、ロンシャンの折りたたみトートが大量にぶら下がったバッグツリーがあった。そしてその〝木〟に、30〜60代の日本人女性が、おもしろいように吸い寄せられていく。「あ、またおばちゃんがロンシャン買ってる〜」と、友達と他人事のように眺めていた。

そうやって遠巻きに見ているうちにだんだん、いや突然、あれ？　あのオレンジ色のロンシャン可愛くない？　と思いだした。まさかこの流れで自分もロンシャン買うなんてね、とふざけつつ、冷やかし半分でバッグを肩に掛けて鏡の前に立ってみると、アラ素敵。なんかちょうどいい感じである。「似合う似合う。いくらすんの?」「89ユーロ（＝約1万2000円※当時）」、値段までちょうどいい。そしてするすると、魔法にかかったようにレジに持って行っていた。人はこうしてロンシャンを買うのか。

以来、街を歩くあの人のロンシャンもこの人のロンシャンも、きっとシャルル・ド・ゴールの免税店で吸い込まれるように買ったに違いないと思うようになった。そういえばわたしが小学生のころ、ヨーロッパ旅行に行った祖母からもらったお土産も、ロンシャンのトートだった。「なぜヨーロッパに行ってナイロンの手提げ鞄をくれるんだろう」と子供心に謎だったが、きっとあれもシャルル・ド・ゴールの免税店で……以下略。

日本に戻ってから、さっそく愛用しまくっている。案の定というか見ての通りというか、使い勝手は最高だ。軽いし荷物はたくさん入るし、そしてどんな洋服にも無難に合う。ロンシャンは万能なり。

フィガロジャポンに連載していた小説『パリ行ったことないの』（CCCメディアハウス）のため、パリ本を読み漁っていたこの時期。パリ在住経験のあるイラストレーター米澤よう子さんの本に、パリジェンヌたちがロンシャントートを使い倒している話が出てきて、密かにマークしていたのでした。米澤さんの著作には、パリジェンヌの着こなしや着回しの秘訣や生活ぶりが満載で、かなりときめきます。

33歳が着るうさぎ柄パジャマ

ごく普通のことだけど、寝るときはTシャツでもジャージでもなく、パジャマに着替える派である。そして33歳という年齢を完全に無視した無駄に可愛いパジャマを着ている。現在愛用中なのはポール&ジョー シスターの、うさぎが全面に描かれたもの、お値段1万4000円也。はっきり言って高い。その金額を出せばユナイテッドアローズで靴が買える。女性は靴が好きだ。でもわたしはパジャマの方がもっと好き。パジャマは洋服と雑貨の中間に位置するチャーミングな存在である。「寝るための服」ってところももちろん愛おしいが、洋服みたいに着回しが利くか、流行りのシルエットか、なんてことを気にする必要もないから、ショッピングとして純粋に楽しい。問題なのは、気に入ったパジャマに出会える確率がものすごく低いことだ。

　モコモコしたルームウェアを武器に一気に勢力を拡大させたジェラートピケが来襲する前は、この国には（というかわたしの活動範囲には）パジャマの選択肢は2つしかなかった。1つはツモリチサト　スリープ。奇抜かつファンシーなプリントの、16歳くらいの女の子に似合いそうなものを主に扱う。もう1つはキッドブルー。花柄や水玉がメインの、可憐なアンダーウェアブランドだ。この2つが発表する新作パジャマをチェックして、琴線に触れるものがなければその年の収穫はナシとなる。ちなみにいずれも年齢的な壁にぶち当たってここ数年は不作。ツモリの対象年齢からは大きくはみ出し、かと言ってキッドブルーの花柄パジャマを着ると、ぐっとおばさんっぽくなってしまう。そんなわけで最近はもっぱら無印良品で、これぞパジャマ！　って感じのストライプや無地のものを必要に迫られて買い足していた。値段も手頃だしモノも悪くない。ただしときめきはゼロ。パジャマにはもっとロマンがなくっちゃ……。

　そんな折りに巻き起こったジェラートピケ旋風にも、いまいち乗り切れないまま放浪していたとき、お伊勢丹3階の下着売り場「マ・ランジェリー」の片隅で、うさぎ柄パジャマを見つけたのだった。

ポール&ジョー シスターは、猫やタヌキなどの動物モチーフを無邪気に散らした、決して誰にも似合わないテキスタイルが特徴である。柄だけ見ると文句なしに可愛いが、「衣類」としてはなんだか違和感のある問題作が多い。例のうさぎ柄パジャマも、着るとたちまち「おばあちゃんちにお泊りに来た子供」みたいになる。そして全身にちりばめられた白うさぎは、コンタクトを外した視力0・1以下の目にはタンポンにしか見えないという欠陥を抱えているのだが……それでもいい!!! 胸をときめかせてくれるパジャマなんて、滅多に出会えないんだから。

そういえば、歴代パジャマの中でも断トツ寵愛していたツモリのカウボーイ柄パジャマを、先日ついに処分した。10年以上着倒して穴が空いてきたので泣く泣く。来るパジャマあれば去るパジャマあり、である。

あれから2年経ち、現在35歳。もはや弁解の余地なく、うさぎ柄のパジャマを着るのは自粛すべきだろう。しかし捨てるのはしのびない（可愛いし、高かったし）。というわけで、うさぎ柄パジャマは帰省時に着る用に、実家に送りました。実家はどんなヒドい格好でも許される無法地帯。のびのびとうさぎパジャマを着ています。そして心からときめくパジャマには、いまだに出会っていない。

下着イノベーション

お伊勢丹こと伊勢丹新宿店様に、なんのことわりもなくはじめたこの連載。前回はめずらしく「お伊勢丹で買い物してます感」を出したけれど、あれはまぐれで、普段服を買うのは、よりハードルが低くてカジュアルなルミネの方が多い。用事があって新宿に出たついでに、ルミネ1を地下から攻めるのがいつものコース。雑誌の取材で写真を撮られることもあるので、それに備えてお洋服を買っておかなくてはいけないのだ。

取材といっても芸能人と違ってスタイリストさんはつかないので、服は自前で用意しなくてはいけない。そこそこ見栄えがして、撮影のあとも普段着として着られる服を探すのは、結構大変である。けれどそのおかげで、デザインも生地もワンシーズンしかもたない安物ばかりだったわたしのクローゼットが、すっかり大人の女性らしい感じになってきた。あれほどよく行った吉祥寺パルコにもめっきり足を踏み入れていない。代わりに、20代のころは「なんでこんなに高いんだろう」と首をひねって素通りしていたトゥモローランドにお世話になっている。

買うものの価格帯が変わって、わたしもすっかり小綺麗になったようで、先日地元富山で天ぷら屋に入ったときも、女将に「お嬢さんみたいな東京から来た人は」と、別に東京在住と言ったわけでもないのに断言され、「いえ地元の人間です」と訂正しても理解してもらえなかった。そのくらい都会の女然としている現在のわたし。しかしそれは人目に触れる部分の話で、触れないところは完全に手を抜いていた。そう、下着は貧乏20代女子のままだったのである！

パジャマについてはあれほど威勢がよかったくせに、下着についてはもごもごと口ごもってしまう。だってろくなパンツ穿いてないから……。いやそれももはや過去形で、いまやわたしは下着まで、洗練された女なのである。

そもそもわが国には（というかわたしの活動範囲には）、好みにマッチする下着がなかった。どのメーカーも、ギャルっぽかったり甘過ぎたりして、どうも食指が動かない。着心地を優先すれば野暮ったくなり、デザインを優先すればフィット感は最悪になる下着の世界。念入りに試着してブラジャーを選んでも、セットのショーツから尻肉が豪快にはみ出す等トラップも多く、結果、いつも上下が不揃いだった。そんなとき、あのお店と出会ったんです（↑テレビショッピング調）。

新宿ルミネ1にある「シュット！ インティメイツ」という、ナオト・インティライミみたいな名前の下着メーカーは、バレエ用品で有名なチャコットによる新ブランド。そこはかとなくフランスっぽい品のいいデザインと、手頃なお値段に惹かれ、試しにワンセット買ってみたところ、上下共にほどよくフィットという奇跡が起きました！ そこで先日、ごっそり大人買い。手持ちのボロ布（パンツ）を捨てて、代わりにシュット！の下着を引き出しに詰め込み、ようやくマリコはどこに出しても恥ずかしくない、大人の女になりましたとさ。

このときに大量に買ったブラショーツセット、まだ使ってます。単純計算で1年半ほど。そろそろ買い換えねばと思ってからもう半年くらいになるので、下着の健全な耐用期間は1年なんだと結論が出ました。再びシユット！を訪ねるも、いちばん気に入っていたやつ（ノンワイヤーの三角ブラ＆レーシーなショーツ）がなくなっていて大ショック……。ほかにはないすごく繊細でいいデザインだったのに、無念。

クレールフォンテーヌ原理主義

10代のころは、教科書より雑誌が、自分を啓蒙《けいもう》してくれる存在だった。好きな雑誌を読み込むうちになんとなく趣味が固まっていったものだけど、ネットの普及とともに休刊ラッシュがはじまって、雑誌難民が急増。そんな21世紀のはじめに、わたしのような遅れてきたオリーブ少女（リアルタイムには読んでいない潜在的読者層）に素敵なものを教えてくれたのが、まどか先生ことコラムニストの山崎まどかさんだった。

まどか先生は恐るべき博識と情報収集能力と趣味の良さで、現代の文化系女子の知的好奇心を一人で満たしてくれているお方。『「自分」整理術――好きなものを100に絞ってみる――』（講談社・1400円＋税）は、これまでいろんな媒体で紹介されてきた「素敵なこと」を網羅した、集大成のような1冊になっていた。といっても副題にあるとおり、コンセプトはあくまで好きなものを100個挙げることによって、自分自身を整理すること。ファッション、映画、音楽、本、フードなど、ジャンル不問で100個というのがおもしろい。

というわけでわたしもやってみようと思い立ったが、年々ものへの執着が薄れて現在「尼」状態ゆえ、なかなか埋まらない。①チビ・ジュエルズの星ピアス（1年の半分はつけてる）②ウェス・アンダーソンの映画（テンション上がる）③カーラ・ブルーニのCD（落ち着く）④あやや（若尾文子様のこと。大好き）あたりで止まってしまった。けど、もう1個だけ確実にランクインしてくるものがあった。それがクレールフォンテーヌのノート。それも横罫ホチキス留めの、A5サイズ限定である。

クレールフォンテーヌはフランスの老舗ノートブランド。表紙も紙質も丈夫なのと、バッグに入れてもかさばらない適度な薄さがちょうど良くて、この7年リピートしまくっている。気になったことはなんでもメモするようにしていて、たとえばいま手元にあるノートを開くと、先日『出没！アド街ック天国』西荻窪編で紹介されていた、102歳の男性の生涯なんかがビッチリ書き留めてあった。「明治44年生まれ、慶大を卒業し大手商社に入社するもわずか半年で『性に合わない』と退社。30歳で地元銚子に戻って遠洋漁業をはじめる。51歳で漁師を辞めたあとは登山に熱中しキリマンジャロなどを制覇。アンデス山脈に登っていたとき、コーヒーを商社に卸すと中間搾取されるから、あなたが直接日本で売ってくれないかと現地の人に持ち掛けられ、任せなさいと一念発起し、西荻にコーヒー豆の輸入販売のお店を開店する。このとき85歳」

ノートは現在62冊目に突入中。これはなかなか気が重い数字である。誰にも見せられない魂の恥部が、62冊も存在しているなんて……。「一寸待てハードディスクは消したのか？」は自殺抑止の名文句だが、わたしの場合ノートを処分しないことには死んでも死にきれない。そういえば昔エミネムが、紛失した歌詞ノートに懸賞金まで出して捜索していたことがあったけど、恥ずかしくないのか？　と衝撃だった。さすがラッパー、根性あるな。

気に入ったものは廃番を恐れるあまり、大量に買い溜めします。引き出しを見ると、クレールフォンテーヌのノートのストックが、なんと24冊も。現在使用中の67冊目のノートをめくると、飛び込んできたのはこんなメモ書き。「いつか社会と折り合いをつけなきゃいけない日が来るかもしれないけど、できるだけ抗って生きてくれ。by.マツコ・デラックス（番組の中で言っていた、美大生への温かいお言葉）」

「冷え知らず」さんの悲劇

ミュージシャンのスガシカオ氏のツイッターが話題になっていたので、見にいってみた。ＣＤが売れない時代、音楽配信サービスでダウンロードするという新しい〝音楽の買い方〟が広まったものの、実はダウンロードでは制作費が赤字にしかならなくて、できればＣＤを買ってほしいという内容だった。利益が出ることで「次の作品が作れるメドが立つんだよね」という部分が切実だし、まったくもって他人事ではない。本だって売れないと、次の作品は出せなくなってしまうのだ。

本の場合は電子書籍より、図書館の存在が微妙な感じである。わたしも以前は図書館のハードユーザーだったけど、「借りる側」から「借りられる側」となり、その関係はちょっと複雑になった。読んでもらえるのはうれしいけど、只で借りられては実売に結びつかない。自分の本の予約数を見て、「こんなに読みたいと思ってくれてる人がいるのに、1冊も売れんのか⁉」とショックを受けた。買う価値のあるものを書けばいいだろと言われるとぐうの音も出ないが。

お金を払って買うという行為は、ただの「消費」以上に、制作者に対する「応援」でもある。本であれCDであれ、お米であれ野菜であれ、お客さんはお金を払うことで、その商品（とそれを作った人）を評価している。それは、その人がその商品を作りつづけられるように応援しているということ。スガシカオ氏もわたしも、モノを売って生きているすべての人が「応援してください！」と涙目になっている、不況の世の中であった。

さて、そういう「応援力」がもっとも発揮されるのは、自分のテリトリーにあるお店で、気に入った商品（主に食べ物）を見つけたときだ。店側に商品を仕入れつづけてもらうために、「熱心な固定ファンがここにいますよ！」と全力でアピールする（買う）。この瞬間、わたしはもはやただの「消費者」ではない。立派な「後援会の人」である。うちの最寄りコンビニにある、みながわ製菓〈とうがらしの種〉は、わたし一人に支えられているといっても過言ではない。しかし先日、悲しい事件が起こってしまった。

最寄り駅近くのナチュラルローソンで見つけた永谷園のレトルトカレー、〈「冷え知らず」さんの生姜トマトチキンカレー〉が、ついに棚から姿を消していたのだ。ナチュラルローソンに行くたび、2つ3つレジに持って行って、コアファンであることをアピールしていたのに。くそぉ〜、応援が足りなかったか。

しかもことは深刻である。ただ店に入荷しなくなっただけならネットで買えばいい話だけど、調べたらなんと販売終了していた。廃番である。本にたとえるなら恐怖の絶版である。ううう、トマトと生姜の合わさった、こっくりと深みのあるあのまろやかな酸味を、二度と味わえないなんて……。食べ物系の廃番は本当にショックが大きい。

ついにこのときが来てしまった。手元に残った最後の〈「冷え知らず」さんの生姜トマトチキンカレー〉を前に、わたしは悩んでいる。すでに賞味期限は1ケ月過ぎており、一刻も早く食べた方がいいだろう。でも、これをペロリと平らげてしまえば、二度とこの味を味わうことはできないのだ。そう思うと、箱を開ける手がすくむ。いっそ封を開けず、オブジェとして飾っておこうか。

トラディショナルウェザーウェアの傘

どしゃ降りの日に素敵なレインコートを着ている人を見ると、いいなぁ〜と思う。真のおしゃれさんとは、あらゆる気候に対応できるアイテムを常備しているもの。とりわけ雨グッズは出番も多いからあって損はないはずなのに、急場しのぎに買ったものばかりで、なかなかいいものを揃えられない。長靴も場所をとるからと何年も買いそびれたままだ。

先日、出先であまりの雨にへこたれ、駅ナカの無印良品に飛び込んでレインコートを衝動買いしそうになった。が、どうせなら気に入ったものが見つかるまで粘りたい。無印は素晴らしく気の利いたブランドだけど、無印で手を打つ人生からもそろそろ卒業せねばと思うのである。妥協して買ったものって、あとあとストレスになったりするし。急場しのぎ界の横綱ビニール傘も、極力買わないようにしたい。

というエコ心が自分の中でピークに達していた昨年、セレクトショップで見かけたトラディショナル ウェザーウェアの折りたたみ傘があまりにも可愛くて、思わず手に取った。持ち手が竹製で、共布の手提げ袋がついて、お値段1万円。傘に1万⁉ 値札を見てそっと商品を戻したが、傘みたいに使用頻度が高くて一つあれば充分で、なおかつ滅多に買い換えないものにこそ、それなりのお金をかけてもいいんじゃないかと自分を説得し、お買い上げすることを決意した。商品として魅力があるのはチェックやドットなどの柄物だけど、洋服の柄とバッティングすることを考えると無地の方が無難だ。かといって黒だと重いし、赤だと主張が強すぎる。ここはあえて白！ 潔く白をチョイスだわ‼

と意気込んで買ったはいいものの、雨の日に使ってみてすぐ、白は失敗だったと気づいた。みるみる薄汚れていくのである。これがビニール傘なら捨てるところだが、なにしろ1万円なので、そんなに簡単にあきらめたくはない。ところが黒ずみを取ろうと風呂場で洗ってみたものの効果なし。しかも骨の関節部分が錆びてオレンジ色に変色するという末期症状まで発症！　耐用年数でビニール傘を下回るというまさかの可能性が出てきてしまった。使い捨てはよくないというエコ心がアダになった形である。

　高いものを買うときは慎重になるものだけど、あまり慎重になりすぎると肝心のポイント（白は汚れが目立つ。そして傘は汚れる）がスッポリ抜けてしまう。性格上この手の残念な失敗は一生避けられないとわかっているから、さほどダメージは受けないが、やっぱり使ってみないと実際のところはわからないものだ。使ってみてはじめて、折りたたみ傘にしてはちょっとデカくて重いという欠点も発見した次第。

　それでも、トラディショナル　ウェザーウェアの傘は最高だと思う。とりわけ素敵なのは、ユニオンジャックがあしらわれたシックなブランドタグ。この白い傘も、差しているときよりタグのついた袋に入れてるときの方が、断然イイ感じである。そもそもこの袋がついてなかったら、多分買わなかったし。

白い傘、極限まで使ったものの、もうこれ以上はみっともないと判断し、買い換えました。トラディショナル ウェザーウェアの傘は、持ち手の竹の感じがとてもよく、生地もしっかりしているので、再びこのブランドを購入。今回は折りたたみではなく晴雨兼用の長傘にしました。色はネイビー、お値段1万3800円+税。盗難が怖すぎて、鍵のない傘置きに入れるときの緊張が半端ないです。

スーベニアフロム
トーキョー！

国立新美術館でやっていた『イメージの力』展、最終日に駆け込んできた。大阪の国立民族学博物館（通称みんぱく）のコレクション展というかたちで、アートというより「民族学」の観点から集められたものだけど、どれもこれもぶっ飛んだ造形物のオンパレードで、なんというか、「人間ってスゴい！」と度肝を抜かれた。

バリ島、アイヌ、パプアニューギニア、ガーナなど、よくもまあ集めたもんだと唸るほどの、充実の展示。秋田のナマハゲなんてまだまだ可愛いもの。壁面いっぱいに飾られた世界各国のお面は展示センスのおかげで妙にオシャレだが、呪術感の強い禍々《まがまが》しい人形はかなりヤバく、イカの形をした棺桶あたりでなにかが決壊している感じがした。現代美術家が束になっても敵わないイマジネーションと熱量。これはぜひ図録を買わねば！と意気込んだけれど、わが家の本棚がパンク寸前なのと、経験上、買った図録はほぼ見返さないのでやめておいた。

最近は図録も買わないし、ミュージアムショップでグッズ類も買わない。昔はミュージアムショップを「雑貨屋」だと思って、同行の友人が引くほど散財したものだけど、その手のものは引っ越しのときごっそりゴミになるという過ちを繰り返したので、物欲をぐっとこらえる。自称「本物志向の30代女性」としては、できればショップに並ぶ量産品より、展示されていたガチなお面が欲しいんだけど……。そういえばこれらのコレクションって、一体どういう交渉で手に入れているのだろう。なんとなく「金」では買えない気がする。けど、やっぱり「金」で買っているんだろうか。

ミュージアムショップで散財はしないと固く心に誓っているものの、国立新美術館の『スーベニアフロムトーキョー』は別だ。ここにはモネの絵を転写したクリアファイルなどない。広義のアートと言えなくもない商品（器やアクセサリー、ｉＰｈｏｎｅケースに靴下等）を集めた規模の大きなセレクトショップになっていて、ほかではなかなか見かけないものが多い。山のように並ぶ素敵な小物たちをかき分け、今回わたしが買ったのは……こちら！

①八幡屋礒五郎の名物ゆず七味（720円）
②ピンクストライプの幅広マスキングテープ（600円）
③かなや刷子《ぶらし》の豚毛歯ブラシ3本組（900円）

③は以前雑誌で見て、使ってみたいな〜と思っていた。形に残るものより、消耗品にこそこだわりたいお年頃なので、迷わず購入。馬毛歯ブラシもあったけど、毛が黒いのがちょっと怖かったので、毛の白い豚毛（やや硬め）の方を買ってみた。この天然毛歯ブラシシリーズ、どこで売ってるんだろうと思っていたけれど、まさか国立新美術館で見つかるとは。

社会風刺的な活動で知られる覆面アーティスト、バンクシーが撮ったドキュメンタリー映画『イグジット・スルー・ザ・ギフトショップ』は、「おみやげ売り場を通って出口へ」というミュージアムショップ文化を皮肉ったタイトルでした。が、物販の売り上げって大事！　グッズだけでなく、若手アーティストの作品を気軽に買えるような、ギャラリー的な場であってもいいと思います。むしろ売るべきはそっちでは……？

すべての靴は不完全である

地元のＦＭとやまで番組のパーソナリティを務めることになり、月に一度、飛行機で富山に出張するようになった。羽田空港への行き帰りはリムジンバスを利用しているが、なかなか飛行機の発着時刻と合わないため、待ち時間がすごく長い。ベンチでパソコンを広げるサラリーマンに混じって、ところかまわず原稿を書くも、いまいち集中できないので、空港の中をうろうろして時間を潰したりしている。

国際線ターミナルとは違い、羽田空港第二ターミナルにこれといった目玉ショップはない。と思っていたが、ユナイテッドアローズがあったのでふらりと入り、数分後にはピッピの黒いウッドソールサンダル（税込３万４５６０円）を買っていた。ショップ袋を提げて店を出て、「ハッ！　いつの間に⁉」と自分でも驚くほど、想定外の買い物である。空港で買うべきは、靴じゃなくて押し鮨だろう。疲れて家に帰ってすぐ食べられる、押し鮨一択だろう。靴を買ってしまったら、あそこに寄らなくてはいけないではないか。そう、あそこ……ミスターミニットに！

世の中にはいろいろと理不尽なことがあるけれど、新品の靴を買ったら「裏を張らなくちゃいけない」という文化（？）と直面したときほど、不合理を感じたことはないかもしれない。「裏」とは、革靴の前底（ソール）に張る、ラバー製の滑り止めのこと。一般にパンプスなどは裏がつるつるの状態で売られていて、そのまま外を歩くとすぐに傷むし、地面が濡れていれば滑るし、靴底の減りを防ぐためにも、「裏」を張った方がいいとされている。

シール式のものも市販されているけれど、靴のリペア専門店に持っていけば2000円台で張ってもらえる。ヒールの高い靴なんかは、新品のままじゃ怖くてとても履けないので、買ったその足でミスターミニットに直行し、「裏」を張ってもらうまでがワンセットだ。スニーカー一辺倒だったわたしは、二十歳のころアニエスベーでブーツを買ったとき、はじめて

「裏」のことを知り、それが別料金だなんてどうしても腑に落ちず「騙《だま》されているのかなぁ」と本気で首を傾げた。詐欺か、すごくサービスの悪い店のどっちかだと思った。可愛いもの以外にビタ一文払いたくない20代の女子に、「裏」の出費は辛い。「お代はアニエスにつけといてください」と言いたい気持ちをぐっとこらえて、お金を払ったっけ……。

さらに問題は「裏」だけにあらず。パンストを穿いた状態でヒールのある靴で歩くと、まず間違いなくスポッと抜けてコケそうになる。パンストの裏か靴の中敷きに、あらかじめ滑り止め加工でもしてくれればいいのに。そして外反母趾《がいはんぼし》のわたしは、ジェルパッドなしにヒールのある靴で歩くことは基本的に無理。「裏」を張り、つま先にジェルパッドを仕込み、ようやく靴は「オブジェ」から、本来の機能を果たせるところにまで底上げされるのだった。

ピッピのサンダル、衝動買いだったわりに長く愛用しています。「裏」を張ってつま先にジェルパッドを仕込んでいたのですが、やはり足は痛くなる。そこでインソール（中敷き）の専門店に行き、土踏まず部分を盛り上げる加工をしてもらいました。値段はたしか3000円くらい。これのおかげでずいぶん疲れなくなった！　外反母趾用に靴を加工してくれる店もあるようなので、お困りの同志はぜひ調べてみてください。

哀愁の水着デビュー

知人男性がこんなことを言っていた。

「電車に揺られながら女性誌の中吊り広告を見ていると、ある時期から特集が、『夏までに5キロ痩せる!』から『着痩せする方法』に一斉に切り替わる。そうすると、ああ、彼女たちはなにかをあきらめたんだな、いよいよ夏だなぁと思うんですよ」

ロンハーマンでシンプルな水着を見つけ、勢いで試着室に入って服を脱いだ瞬間、脳裏に彼のこの言葉がよぎった。毎年3月あたりに「夏までに5キロ痩せる」を標榜しつづけて早15年。一度も達成されたことがないまま、ここまで来てしまった。といっても別に太っているわけではなく、身長体重ともにほぼ平均値の中肉中背。世の中このくらいの体型の人が、いちばん「痩せたい〜」とのたまうものなのである。だって水着（とりわけビキニ）を着ると、なんか明らかにムチムチしてるし。

ところで、わたしのビキニデビューは遅かった。そのときすでに29歳。異例中の異例といえるデビューである。いわゆる〝リア充〟な青春とは無縁だったため、若者同士たわむれるように海ではしゃぐなんて、一度もしたことがなかった。だって夏の海は、活きのいいギャルとギャル男のものだから……。ビキニなんか一度も着なくていいや、夏は畳の上で海外ドラマ見るに限るわいと思っていたが、29歳のある日、自分の中でなにかが振り切れた。「ビキニを着て海ではしゃがないまま死ねるか！」と、やや遅めではあるがビキニ購入を決意。たしか丸井の特設水着売り場で買って、デビューはとしまえんのプールだった。

それから逗子に行ったり、地元富山の海に行ったりと、年に一度の割合で着用している。しかし29歳のときに買ったビキニはデザインが可愛らしすぎて、対象年齢的にもう厳しくなってしまった。そろそろ大人っぽい水着を買わなくては、とうっすら考えていたところに、たまたま入ったロンハーマン（2009年に上陸したロサンゼルス発のセレクトショップ。店構えに妙な高級感が溢れる）で、これ以上ないくらいシンプルな水着を発見した。コロンビア製というのが謎だが、Tシャツやワンピースのインナーにも使えそうだ。うむ、これは買うべきか、買わざるべきか。

で、買いました！　上下で2万円もしたのに、友人に見せたところ「スクール水着みたい」と言われてしまった。え、30代ってもっとパレオとかで腰回り隠した方がいいの？

ともあれデビュー時期の遅かったわたしに言わせれば、水着というのは持っていることが重要なのである。そして「着た」という既成事実を作るのはさらに大事だ。今夏の予定はいまのところ、姪っ子の歓待で行く富山の海オンリー。ショップのコンセプト「Style of Life California」からもっとも遠い、日本海のひなびた浜茶屋で着られては、ロン・ハーマン氏もさぞかし不本意だろう。

太平洋側の海の夏のはじけっぷりとは対照的に、日本海側の海は真夏でも閑散としたもんです。人も少なくテンションも低く、子供がのんびり遊べてとってもいい感じ。姪っ子が波にのまれないよう横目で監視しつつ、浮き輪でぷかぷかしながら、たまに若い男が水着のおねえちゃんに声をかけたりしているのを、ヒヤヒヤドキドキ遠くから見守るのが、わたしの海での過ごし方。

ちょっとだけ高い本

はじめて単行本を出すとき、編集さんと装丁についてああでもないこうでもないと話し合いながら、いろいろ衝撃を受けた。本は紙とインクで出来ているから、そこにかかるコストで本体価格が決まってくるというのだ。本を「買う」だけだった三十数年間、てっきり値段というのは、著者の裁量で決められているんだと思っていた。その人が1000円で売るといえば1000円、1600円に設定したなら定価は1600円。そういうもんだとばかり。もちろん作家にそんな権限はない。

実際は、「こういう素敵な装丁にしたい！」という夢と、「そんないい紙使ったら採算がとれない」という現実のせめぎ合いの果てに成り立っている。できるだけ手の込んだ素晴らしい装丁にしたいという気持ちはみんな一緒。でも、常識的なお値段を設定するためには、数多《あまた》ある紙やインクの種類から、予算的に妥当な組み合わせを選ばなくてはならない。ここらへんはデザイナーさんの腕の見せどころといった感じ。まったくの無知ゆえ、「ハヤカワ・ポケット・ミステリみたいなビニールのカバーをつけたいな」と編集さんに言ったら、「100万部売れる作家になったらね！」と軽くスルーされた。

本作りのことはいまだによくわかっていなくて、先日も新刊の打ち合わせで新たな驚愕情報を耳にした。見本にいただいたオールカラーのきれいな単行本をめくりながら、「やっぱりカラーっていいですよね～」と言ったところ、こんなお言葉が。「でもその本、インクにお金がかかりすぎてしまって、刷れば刷るほど赤字になる、大変不幸な本なんです」(!!!)

そんなわけで、本を作る側の苦闘を知り、わたしの本を買う心構えにも変化が。多少高くても、それはその本を作るために必然的についた値段なのだ。そして「ちょっとだけ高い本」は、発行部数が少なくて稀少である。たとえば『20世紀エディトリアル・オデッセイ　時代を創った雑誌たち』という本は、お値段2700円。書店の店頭ではシュリンク（汚れ防止の透明フィルム）をかけられていて中が見られなかったけれど、「こいつはスゴそうだ」という直感から購入。中をめくると、目眩がするほど凝りに凝った作り。定価のざっと10倍の価値はありそうだ。

そして世界的なモデル、アレクサ・チャンの本『IT』は、お値段3240円、ちょっとした高級品である。うすいピンクの布張りハードカバー、黒で箔押しされた筆記体のサインとタイトル。紙は上質、且つカラー。版権にお金のかかる著名人の写真多数使用。アレクサ本人による気の利いた文章もいいが、やっぱりこれは本そのものが作品といった感じ。おそらく「刷れば刷るほど赤字になる」タイプに違いなく、限定3000部。昔のわたしなら「高い！」の一言だが、いまはこの布張りの本が、日本語訳されて書店で売られていることが、一種の奇跡なんだってことがわかる。即買いし、惚れ惚れしながら眺めている。

この本を作るときも、いろいろありました。連載時は白黒なのに、川原瑞丸くんに無理言ってカラーで描いてもらっていたイラスト。なんとしても日の目を見させたくて、カラーの本にしてもらうことに。編集者さんが知恵を絞り、見事価格を抑えることに成功！　が、そのための微調整で余白が大量発生。この後日談コラムは、その余白を埋めるために書き下ろし（連載時になかった部分を新たに執筆すること）ているのです。

シャチハタっぽい口紅

90年代後半から惰性でつづけてきた、細眉&頬のてっぺんに丸くチークをのせるマイメイク。1年ほど前、その流行が静かに終了していたことにはたと気がついた（正確には『マツコ&有吉の怒り新党』の、週ごとに進化していく夏目三久アナのヘアメイクが、ついに着地点を見出し固定したときに気づいた）。流行は20年周期で繰り返す説があるけど、来る来ると言われてなかなか定着しなかった太眉（自然眉）ブームが、ついにやって来たのだ。

ちなみに20代女子の間では、ＡＫＢ48のぱるる（島崎遥香）みたいな八の字に下がった「困り眉」が流行っているらしい。なかなか考察しがいのある現象だと思うけれど、いまちょっと忙しいのでその話はまた今度。なんで忙しいのかというと、への字に角度のついた自眉をあの手この手で描き足して、ナチュラルな「一」に均《なら》さなくてはいけないから。これは物理的にいってもかなりの難所だ。メイク時間の半分をこの工程に持っていかれると言っても過言ではない。いっそ眉毛を植毛したいくらいだが、そうするとまた20年後に困ることになるわけで……。

さて、眉が変わればほかのパーツの流行も変わるもの。細眉全盛期は口紅よりグロスがポピュラーだった。グロスっちゅうのは色のついた軟膏みたいなやつで、ラーメンを啜ったあとのようなテカテカ感を生み出す、口紅とは似て非なるアイテム。20代のうちは口紅なんてババ臭いと思っていたけれど、気がつけば手持ちのメイク道具からグロスが姿を消し、普通に口紅をつけるようになっていた。

去年の夏に買ったイヴ・サンローラン《ルージュ　ヴォリュプテ　シャイン》（4000円＋税）のNo6（ピンク系）とNo12（レッド系）は、パキッとした鮮やかな発色が特徴。着ているものが地味なときにつけると、そこはかとなくオシャレな雰囲気になる。ただ、オシャレっぽくはなっても、正直あんまり似合ってなかった。口が小さいのでこの手の強い色を使ったポイントメイクはどうも違和感が。その点ポール&ジョー　ボーテの《リップスティック》302（3000円+税）は、肌なじみのいいピンクベージュでかなり重宝している。オレンジ系で、こういう普段使いできる口紅ないかなぁ〜と探していて、先日見つけたのが、ランコムの《ラプソリュ　ルージュ》306。

化粧品売り場のカウンターに座って試してもらった瞬間、「これだ！」と即決した。手早くお代4320円を払い、家に帰ってワクワクしながら箱から取り出すと、口紅のパッケージに、なんか絶妙におばさんっぽいバラの模様があしらわれていた。形も、ちょっとシャチハタの印鑑みたい。

この瞬間のショックを、なんと言えば人に伝わるのか。わたしが化粧品に求めるのは、他でもないときめきである。そのために百貨店の1階を徘徊し、国産メーカーより2割増しのお金を払ってるのに、まさかのシャチハタ感。こいつ中身は最高なんだけど、見た目がちょっとな、と思いながら、絶賛愛用中。

このシャチハタ口紅、2016年1月現在も化粧ポーチに入れて愛用しています。デザイン的にはやはり多少疑問はあるものの、蓋と本体に磁石がついてパチッと閉じるので、すごく使いやすい。文句言ってすみませんでした（でもショックだったの！）。ところで気になるのは、口紅の使用期限。ポール＆ジョーのは、もしかしたら10年くらい使ったかも？　恐ろしい……。

CASIOのデジタル腕時計

雑誌でチープシック特集があると、必ず登場するカシオのデジタル腕時計。ゴールドで細身のメタルバンドはどんな格好にも合うし、なにより驚くほど廉価だ（定価で6000円くらい、ネットだと3000円割っているところもあった）。当然人気があり、ショップ店員のお姉さんがつけてる割合はすこぶる高い。ショップ店員界での普及率は7割に達しているとみた。

可愛い店員さんの手首にカシオがキランと光っているのを見るたび、あると便利そうだな〜と思いつつ、買いそびれたまま5年くらい経ってしまった。TKサウンド全盛期にすら小室ファミリーのCDを一枚も買わなかったわたしに、こんなメジャーなものおいそれと買えませんよ！

しかしこの春、パリ旅行前にスーツケースなんかを買い込んでいた時期に、旅先でつけるのにちょうどいいな〜と思ってついに購入した。時間を見るだけならスマホで事足りるけど、「パリではｉＰｈｏｎｅは絶対盗まれます」と忠告されており、「いかにｉＰｈｏｎｅを人前に出さずに行動するか」がテーマだったので、便乗買いしたのだ。

ただ、デジタルのボタンをポチポチやってパリ時間に設定し直すという作業がわたしには技術的に無理で、結局、旅行中はそれまで愛用していたタイムウィルテルのマディソンシリーズ（１万円くらい）をつけていた。しかし旅行が終わって通常営業に戻ってからは、カシオが一気にスタメンに躍り出た。「便利そう」とかそういうレベルでなく、とにかく汎用性が高いのだ。もはやこれはコンバースのオールスターのような、殿堂入り定番アイテムの域なのだった。

で、そんな素晴らしいカシオの腕時計を、先日紛失しました！　ある朝いつものように身支度を終え、仕上げにカシオを巻こうとアクセサリー入れの引き出しを開けると、姿が見えない。部屋中を探したけれどどこにもない。けっこう几帳面なので、ものは定位置にきちんと仕舞う習慣があって、あんまりなにかを失くしたりしないんだけどな……。

まあ、失くなったもんは仕方ない。問題は買い直すか否かである。なにしろ安いので、もう一度買うのはやぶさかではないのだけど、もとを正すと旅行用と思って買ったものだし、心底惚れ込んでいたわけでもない。むしろ安すぎるのが気になる。ネットで３０００円以下で買える腕時計を、わざわざ買い直す必要があるのか？

自分の中のファッションのテーマが「どこに出て行っても恥ずかしくない30代女性」であるので、これを機にもうちょっと高級感のあるやつを探してみようかと思ったりしている。とにかく買い直すことはないんじゃないかな〜と。でもでも、たとえばバーベキューとか夏フェスなんかのアウトドアでつける腕時計としてはちょうどいいから、持っていて損はない代物ではある。けど、別にバーベキューにも夏フェスにも行く予定ないし、やっぱりいらないいんじゃないかと思ったり。悩むぅ〜。

　悩んだあげく、ほとんど同じデザインながら、ちょっと大きめのメンズサイズを買い直しました。値段は定価で1万円のものを、ネットで半額ほどで購入。やはりその安さがアダとなってか扱いがどうにも雑になりがちで、海に行ったときパッと外して、「ちょっと持ってて～」と人に預かってもらったまま忘れてきた……ということがありました。愛着がないというわけではなくて、どうも気が緩むみたいです。

GUCCIのスウィングレザートート

夏といえばセール！　街は活気に溢れ、ありとあらゆるウィンドウにSALEの文字が躍っている。ご多分に漏れずわたしも、鼻息荒めでクリアランスセール真っ最中のお伊勢丹に、クレジットカードを握りしめて降り立ったァ〜!!!

といっても、狩人のようにセール会場を荒らすつもりはない。ほら、セールって人多くて疲れるし。体力的にはもちろんのこと、いかに安く買うかを競い合うというコンセプト（？）そのものに、もう心理的に疲れてしまう。安いのはもちろんうれしいけど、長い目で見るとセールでなにかを買って得したことってあんまりない。それに同じ商品でも、「今日入ったばかりなんです」と店員さんにイチオシされ、プロパー（正規価格）でお店に並んでいるころはすごく素敵に見えたのに、50％ＯＦＦのシールを貼られて雑然とハンガーに吊られていると、色褪せて見えるから不思議だ。しかも自分がプロパーで買ったものがセールにかかっていた日にゃ、なんとも言えない複雑な気持ちになる。「損した！」という怒り＆悲しみと同時に、「あいつ、あんなに落ちぶれて」という痛ましさが交錯して直視できない。セールは本当に悲喜こもごもだ。

20代のうちはセールで買った服をワンシーズンで着倒し、モードオフにただ同然で買い取ってもらうのもアリかもしれない。しかし30代からは、汎用性の高いそこそこ質のいいものを買うのが大事であると、様々なアラサー雑誌に買いてある。20代が着る流行りのデザインは一発芸みたいなものだけど、30代からはより重厚な、伝統芸能の道が拓かれるのだ。たしかに多少の元手はかかっても、長い目で見ればその方が経済的だったりする。1個2万円くらいのバッグがいつの間にか10個近く溜まってクローゼットを占拠しているが、それだけのお金があればハイブランドのバッグが買えたのかと、猛烈な後悔に襲われた夜をわたしは忘れない。

というわけで、セール真っ只中のお伊勢丹に降り立ったわたしは、値引き合戦なんてどこ吹く風といった平常心で営業している1階の高級ブランドバッグエリアに佇む、グッチに直行したのだった。狙うは〈グッチスウィング〉レザートート（12万9600円 ※当時）。A4の書類とノートパソコンが入る黒い革バッグをずっと探していたのだ。大きな仕事が一山越えたら自分への〝ご褒美〟に買おうと思っていたけれど、いろいろ辛抱できなくて、仕事に取り掛かる前に〝景気づけ〟に買ってしまった。モード感はなくてシンプル、セリーヌのラゲージみたいな自己主張もないので、廃れることなく使えそうだし、なによりこの手のブランドバッグにしてはお手頃価格なのもポイントだ。

それにしても、セールに流されない等、いろいろまじめにファッション哲学を語ったつもりなのに、グッチのバッグを買いましたという話に着地した途端、ものすごくチャラチャラした感じになってしまうのはなぜだろう。「なんか軽薄な人に思われそうだなぁ」と、書きながら心配してしまった。

セール間近になるとサイズや色がどんどん品薄になって、せっかく気に入ったアイテムが手に入らないこともしばしば……。それで逆に、シーズン立ち上がりの時期にちょくちょくお店を覗くようにしています。定価で買うと腹を決め、どんなに試着を重ねて熟考しても、結局着ない服を買ってしまうことはある。最近のファッション哲学は、「買ってみないとわからない」です。

アントン・ヒュニスのピアスとネックレス

セール時期でも平常心でプロパーの買い物を！　なんて高尚な提唱を前回してみたものの、実のところ、仕事に追われてセールにまったく参戦できないから、そうせざるをえないというのが実情である。セールの季節はどうしたって買い物欲が高まるものなのか、それとも仕事ばかりしているストレスが溜まっているのか、パソコンに向かって原稿を書いていたはずなのに、ハッと気付いた次の瞬間、アマゾンでアントン・ヒュニスのピアスとネックレスをお買い上げしていた。

アントン・ヒュニスは2004年にデビューした、スペインに拠点を置くアクセサリーブランド。カラフルなビジューをふんだんに使った、ちょっとトゥーマッチなくらいのゴージャスさが特徴である。当然ながら現代の作家が作っている新品のアクセサリーだけど、ここのネックレスをはじめて見たときは、「外国のアンティークショップから奇跡的に買い付けられた、一点物のコスチュームジュエリー」かと思ってドキドキした。そのくらい、スペシャル感があったのだ。

値段はサイズによってまちまちだけど、ピンキリの「キリ」の方でも確実に1万5000円は超えてくるから、アクセサリーとしてはけっこう高い方だ（ティファニーとかカルティエに比べたらガラクタかもしれないけど）。まあ、アクセサリーは流行の移り変わりが激しい洋服とは違って半永久的につけられるから……ゴニョゴニョ、などと自分に言い訳しつつ最初に買ったのが、2年ほど前のことである。以来アントン・ヒュニスをお店で見かけるたび、いいな～欲しいな～集めたいなぁ～とヨダレを垂らしていたけれど、どれか一つを選ぼうにも、似て非なるデザインが毎シーズン次から次へと発表されるので、目移りして仕方ない。一点物だったら話は簡単、踏ん切りをつけて買うだけだが、お店で見ても選びきれず、二つ目に手を出せないでいた。

そんな折り、家から出られないストレスを目一杯溜めたわたしが、現実逃避がてら検索バーに「アントン・ヒュニス」と打ち込んだところ、お馴染みのアマゾンで、なんとセール価格で叩き売られていたのだった。実店舗では「除外品」のガラスケースに並べられているのに！　これはもう、買うしかない!!!　頭に血がカァーッとのぼったわたしは、瞬時にあれこれと算段をはじめた。

手持ちのものとカブらないか、衝動買いとして許される値段か、汎用性は高いか、脳内で試着して似合っていたか……。

そうしてマラカイトという、緑色の縞模様の天然石を使ったピアス&ネックレスを「ポチッとな」していたのだった。どちらも30%オフで、ピアスが1万2852円、ネックレスが1万5884円也。

靴ならまだしも、アマゾンでアクセサリー買うって、ちょっとどうなんだろうと思いつつ。

10〜20代のころは数千円の、雑貨の延長にあるようなアクセサリーを買うのが楽しかったけど、30代になるや平均購入価格は高騰……。服とバッグと靴だけじゃコーディネートは完成しない。アクセサリーって重要だなぁとつくづく思うものの、その全部を揃えるのは大変です。それにしても、大人の女性がそこそこ身奇麗に装うのって、本当にお金がかかる。お金がかかるんです！

 アントン・ヒュニスのピアスとネックレス

イヤァオ！！！

プロレス好きの友達がチケットを取ってくれるというので、去る8月1日、人生初の後楽園ホールに行ってきた。この日のため、密かにテレビ朝日『ワールドプロレスリング』を毎週見て、スター選手の顔と名前とニックネームが一致するくらいには予習していたのだ。「100年に1人の逸材、棚橋弘至《たなはしひろし》」「金の雨を降らせる男、レインメーカー、オカダ・カズチカ」等、準備はバッチリ。新日本プロレスG1クライマックス予選で、満を持してのプロレス観戦デビューだ。

後楽園ホールは東京ドームのそばの、雑居ビルの5階にある、という事実にも驚いたけど、会場自体もけっこう小さくてビックリした。ド素人的に気になったのは、人気のない選手に対する冷淡なまでの声援の少なさだ。

プロレスといえば入場のときに派手なパフォーマンスをするイメージだけど、人によっては音もなくスススーと入って来てリングに立ったりするので、「え、この人選手だったの⁉」と驚くこともしばしば。特にＡＪスタイルズ以外の外国人レスラーに対してみんな冷た過ぎ！　一方、天山広吉《てんざんひろよし》への声援は割れんばかりであった。

　ところで、女子がいきなりプロレスに興味を持ちはじめたら、そこに飯《い》伏幸太《ぶしこうた》あり、である。まじめなプロレスファンの男性からは顰蹙《ひんしゅく》を買いそうなチャラい動機であるが、すまんがそういうことなのだ。この日もなにを隠そう、イケメンレスラー飯伏幸太を拝むためにのこのこやって来たのだけど、残念ながら欠場することが数日前に発表されていた。お目当て不在とあって、しょんぼりしながら観戦していたわたしの目に飛び込んできたのが、決めゼリフ「イヤァオ！」を叫ぶ、赤が似合う男、中邑真輔《なかむらしんすけ》だった。

「反逆のボマイェ　中邑真輔」は、丸顔でハーフモヒカンの、試合中にくねくねと異様な動きをする変な選手だ。そのビジュアル、気持ち悪い表情、なにを取ってても苦手、生理的に受け付けないわ〜と思っていたが、生でその勇姿を見るうちに、ハートを撃ち抜かれてしまった。身長188センチ、手足がスラリと長く、動きがダイナミックで美しい。キモさと優雅さが同居して、アートにたとえるならフランシス・ベーコンの絵のような感じ。飯伏目当てでチケット取って、まさか中邑に惚れて帰るだなんて思わなかった。恋とはするものではなく落ちるもの、なんですね！

さて、試合終了後も気持ちが収まらないわたしは、物販コーナーにて中邑真輔キーホルダー（台座にはめて立たせることも可能。お値段1400円。高けぇ！）と、口癖の「滾《たぎ》るゼ！」が書かれた中邑真輔ウチワ（500円）、さらにサーフィンを楽しむオフショットも満載の中邑真輔ムック本（1300円）まで買ってしまった。しかしその本で、中邑真輔と自分が同い年であることを知り（学年はあちらが一つ上だけど）、なんかちょっとショックを受ける。そういえば昔、朝青龍と自分が同い年なのを知ったときも、複雑な気持ちだったなぁ〜。

最近はなかなか観戦に行けず、心がプロレスから離れ気味だったのですが、ふと検索してヒットした中邑真輔フィギュア「プロ格ヒーローズF（Figure）1/11スケール」（税込5400円）のあまりの出来の良さに、久々に滾っています。Tシャツやパーカーだけじゃなく、各選手の試合用コスチュームを再現した実用的な下着（メンズのブリーフ&トランクス・レディースのブラショーツセット）もぜひ売って欲しいです。

LITTLE SUNSHINEのタオル

毎日使っていると、ボロくなっていることに気がつかないものの二大巨頭、それがパンツとタオルである。パンツは数ヶ月前に総取っ替えして解決したものの、タオルのことをすっかり忘れていた。そろそろ買い替えどきかと思うようになって、軽く二年は経過してる気がする。

いいタオルないかなぁ〜と雑誌をめくっていたところ、某スタイリストさんの愛用品リストから、「ロイヤル・ベルベット」というタオルの存在を知った。10年どころか20年使ってもまったくへたれないという丈夫さを誇り、それどころか使えば使うほど風合いは増して、使い心地が良くなるという。それ欲しい。それくださぃ！

しかしネットで調べたところ、悲しい情報が。「ロイヤル・ベルベット」を生産していたアメリカのフィールドクレスト社が倒産してしまい、いまや幻のタオルになっているとのこと。安価な輸入品に押されて、良質な商品を作る国内メーカーが憂き目に遭っているのは、日本だけではないのだ。

「上質のものは、使うほどに、必ず優雅に、上品に美しく変貌していきます。（中略）残念ながら、現代の消費社会においては、質の良いものを目にする機会がどんどん少なくなり、そういったものを求めるひとも減りつつあります。質の良いものは少量しか製造できないため、高価だからでしょう。これをぜいたくと呼ぶのです」とは、ドミニック・ローホー著『シンプルに生きる』にあった言葉。一度上質なものを味わったら、大量生産の粗悪品には耐えられなくなるらしく、ネットには「ロイヤル・ベルベット」愛用者からのラブコールが多数寄せられていた。

　そんなある日、駅ビルのプラザ（旧ソニプラ）に、カラフルなタオルが積まれているのを見つけた。ブランド名は「LITTLE《リトル》 SUNSHI《サンシャ》NE《イン》」。商品説明のポップによると、使い込むほどに手触りや拭き心地が良くなる、往年のアメリカの「育成型タオル」を再現すべく、日本の国産タオルメーカーHOTMANとプラザが共同開発したものらしい。

これはまさしく、わたしが探し求めていたものではないですか！　まさか日本で、「ロイヤル・ベルベット」のルネッサンス運動がはじまっていたなんて。フェイスタオル2700円、バスタオル5940円。買いましょう買いましょう！　買わせていただきましょう!!!

果たしてその使い心地は、かつてないものだった。変にふわふわしてなくて、かといってゴワゴワでもないのに、すでに吸水力は抜群。新品のタオルって、最初のうちは水は吸わないものなのに。ほどよい厚みが頼もしく、たしかにこれならへたったりしないかも。期待以上の使用感に、思いきって家中のタオルをそろえることにした。バスタオル2枚、フェイスタオル計8枚。風呂あがりに体を拭くのと、キッチンとトイレの手拭き用も全部「LITTLE　SUNSHINE」に統一じゃ！　その買い漁りっぷりにはプラザの店員さんも、レジで若干戸惑っていた。

実はこの回が掲載されたあと、HOTMANの社長さんからお礼状をいただきました。メーカーさんのものづくりにかける気概や努力を知り、これ以降、ただ「こんなもの買ったよ」だけではなく、人様に紹介したいと思えるもの、もっと売れて欲しい、応援したいと思えるものを取り上げようと、意識もぐっと高まりました。買い物はお金を介して好きなものに一票を投じているようなものなんだなと、つくづく思います。

捨てるようで、捨てない

前回書いたとおり、家中のタオルを、プラザとHOTMANが共同開発した「LITTLE SUNSHINE」のものに総とっかえした。同じ種類のタオルが整然と並んでいると、ホテルみたいで超いい感じ～とホクホクしているその横で、「俺たちどうなっちゃうんだよ」と悲しいオーラを放っているのが、これまで使っていた古タオルたちである。バスタオルが6枚、フェイスタオルが10枚。いつの間にこんなにたまったのかと思うほどの量である。これが昭和なら、バスタオルを足ふきマットにするとか、いくつかのトランスフォームを経て最終的に雑巾にするのが正しいんだろう。けど、バスマットはバスマットとして買ったものがあるし、雑巾は雑巾で買ったものがある（しかも端切れをリサイクルしてカラフルに仕上げたエコ商品）。残念ながらわが家には、タオルを再利用する場がないのだ。多少くたびれてはいるものの、ただ捨てるのはいかにも惜しいタオルたち。捨てずに済む方法はないもんかと思って検索したら、一発でヒットした。

「犬と猫のためのライフボート」は、保健所などで殺処分寸前の犬猫を保護し、新しい飼い主を探す活動を行う非営利団体。活動の支援にはいろんな方法があり、その中に「物で支援する」というカテゴリがあった。アニマルシェルターで必要なもの（ドライフード等）がリストアップされていて、その中でもタオル類には【急募】のマークがついている。バスタオルは子猫の部屋の敷物として、フェイスタオルは掃除や食器拭きなどに使われるそう。いずれも新品でなくてＯＫとのこと。

渡りに船とはまさにこのこと！　さっそくメールで問い合わせたところ、「ぜひ送ってください！」という返事が来た。きれいに洗って梱包して発送するだけで、ゴミにならず有効活用されるとは、なんて建設的で気持ちのいい仕組みだろう。

実はこういう、不要になったもので軽めの善行ができる試みはけっこうある。売れば多少はお金になる古本も、最近は「本っと　ありがとうプロジェクト」という、古本による寄付ができるところに送っている。本の買取価格が女の子の自立支援に役立てられるそうだ。着払いで引き取ってもらえるのがありがたい。「ワールドギフト」は不要品を発展途上国に寄付する活動をしていて、以前使わない毛布を引き取ってもらったことがある。ここは荷物の宅配料金プラス、再利用にかかる費用を振り込んでから集荷されるシステムになっていて、毛布類を引き取ってもらうときは2200円かかった。ちょっと高いけど、まだ使えるものを捨てるよりマシ！　根っこにある昭和のもったいない精神ゆえ、ただ捨てるのはイヤなのだ。

買うのは簡単だけど、捨てるのは難しい世の中。だからこそ、捨てずに上手く処分できたときの爽快感は、セールでいい買い物ができたときの喜びに、勝るとも劣らないのであった。

　この連載をはじめるにあたって、ただ消費して「ヒャッハー！」と浮かれているだけじゃない部分も、しっかり書きたいと思っていました。次から次へと新しいものを買い、古くなったものを捨てるのってどうなんだろう。捨てずに溜め込むのもどうなんだろう。捨て過ぎるのもどうなんだろう。いろいろ考えてしまいます。衣食住、どれをとっても気分よく暮らしたいけど、なにが自分に合っているのか。模索はつづきます。

白シャツという課題

先日「マッキントッシュフィロソフィー」で、ミディアム丈の赤いスカートを見つけた。これは……あやや（若尾文子様）が1957年公開の映画『青空娘』で穿いていた、可憐なスカートにそっくりではないですか！お値段は税込2万520円。主張の強い色だけに着回しは利かなそうだし、この値段はちょっとなぁと思いつつ、あややファンとしてはとるものもとりあえずお買い上げしたのだった。

『青空娘』のDVDパッケージにもなっているあややのコーディネートは、襟の小さな五分袖の白いシャツの裾を、赤いスカートにインした清楚なお嬢さんスタイルだ。その3年前に日本で封切られた『ローマの休日』で、オードリー・ヘプバーン演じるアン王女が着ていた有名な神コーデ（半袖の白シャツ×サーキュラースカートの組み合わせ）のバリエーションという感じでとても可愛い。

さて、２０１４年９月某日、角川シネマ新宿で開催されていた市川雷蔵映画祭に、トークゲストとして呼んでもらうことになった。ライ様があややと共演した『華岡青洲の妻』の上映終了後に、壇上にあがってお話しさせていただくというもの。せっかくの機会なので、（市川雷蔵にはあんまり関係ないけど）あの赤いスカートを穿いて『青空娘』コスプレで出よ〜♪とノリノリに。白シャツは何枚か持ってるから、どれか適当に合わせればいいやと思っていたが、前の晩にいざ着てみると、手持ちの白シャツがどれも微妙に『青空娘』っぽくないというアクシデントが発生した。白シャツと一言で言っても、襟の形や素材、質感は千差万別なのである。

というわけでトークイベント当日、角川シネマ新宿と道一本挟んだ斜向かいに建つ百貨店＝お伊勢丹に寄って、ブルドーザーのように白シャツを物色し試着しまくった。２階の「ギャルリー・ヴィー」で素晴らしく手触りのいい綿の白シャツを見つけたものの、値札を見るとなんと３万円……それより１万円安いのが、「トリコ・コム　デ　ギャルソン」の丸襟ブラウス。しかし襟が微妙に大きくて生地も厚く、『青空娘』っぽさはいまひとつ。次に目に留まったのが、「BEIGE,」というブランドのシルクの白シャツだ。『青空娘』感はかなりの高得点。２万５９２０円という値段も、素材がシルクなら許容できる。時間もないしシルクを購入して移動。着替えて壇上にあがり、映画についてあれこれ喋ってお仕事は終了。買ったばかりの衣装はわずか20分でお役御免となった（衣装代はもちろん自腹）。

とは言っても白シャツは、ワードローブの基本中の基本アイテムだ。それだけに、改めて買う機会を逃しがちなものでもある。こんなことがない限り、２万超えのシルクの白シャツをわざわざ買うなんてできなかった。というわけで結果的に、とても質のいいシルクの白シャツが手元に残ったのだった。めでたし！

　シンプルなものであればあるほど、どういうのが欲しいかイメージできていればいるほど、「探すとない」ものであります。あややシャツをここまで必死に探せたのは、ひとえに「イベントにコスプレで出演」という目的があったからこそ。この翌年には同じ映画館で、その名も若尾文子映画祭が開催され、同じコーデで再び登壇、あやや愛を心ゆくまで語らせていただきました。

人生初、アートを買うの巻

美術館に行くのが好きで、時間を見つけてはあちこち足をのばし、その感想を雑誌『TV Bros.』に書くようになってそろそろ1年半。ブロスは隔週発売なので、月2回のペースでお目当ての展覧会に行くのだが、毎日がフェス状態の東京はおもしろそうな展示が目白押しで、とても網羅できない。会期が2〜3ヶ月ある展覧会をなぜ逃すのか自分でも不思議だけど、這《は》ってでも行く覚悟がなければ、「面倒くさい」という気持ちにあっさり負けてしまうのだ。展覧会はナマモノだからチャンスは一度きり。だから逃したショックは本当に大きい。

と言うと、美術館に行かない人は、「絵を見てなにが楽しいの?」ときょとんとする。たしかに、言われてみれば、絵を見てなにが楽しいんだろう……。はじめは芸大生特有の気取った好奇心だったような気もするけど、ある時期から習慣になって、なぜ見たいか深く考えたことはなかった。そして自問したところ、これって広い意味での物欲なんじゃないかということに思い当たった。

もちろん美術館に展示されている作品は売り物じゃない。しかし昔は売られていた。年月が過ぎ、プライスレスな価値があるとされたからこそ、「見せるだけ」で金が取れるポジションに昇格したのだ。昇格した作品が一堂に会しているんだから、拝みたくもなるだろう。そしてどういう気持ちで鑑賞しているのかといえば、日頃のお買い物の感覚とそう変わらない気がする。作品の前での滞在時間が長いってことは、網膜に焼き付けて、持って帰ろうとしているってこと。ミュージアムショップで売ってる図録やポストカードは、記憶再生装置だ。

恵比寿にあるシス書店というギャラリーに行ったときも、最初は美術館で絵を見るような気持ちだった。けれど作者とタイトルが書かれたラベルには、お値段もしっかり表記されているではないか。そっか、これって買えるんだ。その個展でわたしがいちばん気に入った作品は、プラダの財布より高いけど、グッチのトートバッグよりは安いくらいの値段だった。なんだなんだ、買えるじゃん！

そんなわけで、人生初のアートをお買い上げしたのが去年の春のこと。版画家、山下陽子さんの『星の誕生』は、女の子の涙を宝石に見立て、それが夜空で星とともに瞬く、ちょっと悲しくとびきり美しいコラージュだ。実はその作品を見た瞬間から、ただ家に飾るだけじゃなくて、本の表紙にしたいと思っていた。自分が書いている小説のテイストに、フィットするんじゃないかと思ったのだ。

念願叶い、『星の誕生』が表紙になった短篇集『さみしくなったら名前を呼んで』（1400円＋税）が上梓された。カバーには装丁用にアレンジしてもらったものが、カバーを取った本体には、オリジナルの作品が大きく使われている。アートは買った人が一人占めしてしまうものだけど、本の表紙になればみんなに見てもらえるのがうれしい。アート鑑賞も兼ねて、本屋さんで手にとってもらえたら幸いです。

「東京の展覧会行ききれない問題」は相変わらず深刻で、行きたかったけど行けなかった展覧会だらけ。月2回くらいの頻度じゃまったく歯がたたないです。しかしアートが家にあるのはすごくいい！　印刷物ではない本物の作品を部屋に飾って毎日眺めるのは、心の栄養になります。ドキュメンタリー映画『ハーブ&ドロシー』のように、特別お金持ちじゃない普通の人が、普通にアートを買うのって、とっても素敵。

ちっちゃい動物コーナー

いろんな人の発言が、画面の上から下へ垂れ流し状態になるツイッター。ニュースに対する鋭い指摘や映画情報、おもしろツイート等、気になるものはお気に入り機能に登録して、時間のあるときに読み返したりしている。が、ある時期からお気に入りに登録しているツイートの大半が、動物のほのぼの画像に占拠されるようになった。わたし疲れてるのかな……？

いや、誰だって動物は好きだ。そもそも、可愛いものってだいたい動物を模しているし。先日、キティちゃんはネコじゃないと報じられ世界中に激震が走ったのも、キティはネコだからカワイイと、当然のように刷り込まれていたからだろう。

キャラクターものだけにとどまらず、動物をモチーフにした商品は多い。

動物は本物がベストの状態なので、写実的に再現するのが肝だ。精巧な動物ものといえばシュライヒ社の動物フィギュアが有名で、雑貨屋でも必ず見かけるし最初は飛びついたけど、ああいうのは集めだすと本当にキリがない。そしてフィギュアって、動物であれアメコミヒーローであれエヴァであれ、主張が強すぎてインテリアに馴染まないのが難点だ。家主のアイデンティティの主張に、家主であるわたし自身がむせ返りそうになる。

というわけでいつの間にか、ぱっと見て商品名がわかるタイプのものはクローゼットの奥深くに仕舞い込むようになった。かといって動物ものを駆逐すると、部屋が味気なくてさびしい。その中間をいく、主張の強すぎない、部屋に飾っても時空を歪ませない、いじらしいサイズの動物たちが少しずつ集まるようになった。

サファリ社のグッドラック・ミニシリーズは、体長約2・5センチで、値段も100円以下。上野を散策していたときに、おもちゃ屋「ヤマシロヤ」の前で売られていて、あまりの可愛さにミーアキャットとヒツジを買ってしまった。パリ旅行の際に蚤の市で買った陶器のネコもただみたいな値段だったし、アンティークのヒツジはもらったもの。どれも体長5センチ以下なのがポイントだ。なぜならうちのちっちゃい動物コーナーは、トイレの窓枠、奥行き10センチ弱の桟という、極小空間で展開しているから。

先日、地元富山市の繁華街、総曲輪《そうがわ》にある民芸品の店「林ショップ」で、猛烈に可愛いウマを発見した。一見するとどこの国の、何時代のものかわからない雰囲気だけど、なんと店主の林青年がデザインした干支シリーズの今年の新作という。富山県高岡市の伝統工芸である銅でできていて、さぞかしお高いんでしょう？　と思ったら、「福うま」（小）は３２４０円とお手頃だった。ウマだけでなく、ネズミやウシも可愛かったけどぐっとこらえる。だって２０１４年の干支はウマだから……。

これまで、動物フィギュアは買っても干支の置き物に手を出したことはなかった。でもよく考えたら干支って、概念からしてめっちゃ可愛いな。

動物コーナーは引っ越しを経たいまも、トイレの窓枠で展開中。コレクションを増やそうと陶器のラクダを購入して並べてみたものの、どうも調和が取れなくて、結局いまもスタメンはこのイラストにあるメンバーだけです。自分的なベストメンバーにこだわりがあるあまり、新メンバーをどうしても受け入れられないアイドルファンの心境というか……。「林ショップ」へは、いまもちょくちょく通っています。

現代人とユニクロ

先日ラジオを聴いていると、「誰にも共感されないけど、個人的に怖いもの」というお題に対するリスナーからの、こんな投書が読み上げられていた。それは、「近所に新しいコンビニができるんだよ〜と、幸せそうに言う両親が怖い」というもの。一聴すると「ハイ?」って感じだが、つまりは郊外の幹線道路沿いに大きな看板を掲げたチェーン店がたくさんあるが、ああいう店が新たにできることを「善きこと」として、なんの疑いもなく喜んでいる両親や地元の友達の、画一的すぎる無邪気な反応が空恐ろしい、ということだった。

たしかに、新規店オープンの折込チラシを見ると、「わ〜こんなのできたんだ」と反射的に目を輝かせてしまうけれど、この流れの先にあるのは、個人がやっている味のある店が淘汰された、ディストピア的な街の姿なのだ。それをいち早く「異変」と捉え「怖い」と思うこのリスナーは、現代社会における炭鉱のカナリヤのような存在なのかもしれない。

さて、ユニクロといえば、そういった巨大チェーン店の代表格。フリースがブームになった1998年から2000年にかけてちょうど大学生だったため、帰省するたび郊外の大型店に車で連れて行ってもらい、買いあさったものだ。あれから十数年、ユニクロは日本中どこにでもあり、下着からアウターまで、人間が着るものならなんでも売っている、もはやインフラ並みの存在となっている。

この間久しぶりに行ったら、伝説のモデルにしてパリジェンヌ幻想の頂点に立つイネス・ド・ラ・フレサンジュとのコラボ商品が並んでいて、「こんないいものが売ってるのか！」と興奮状態に陥った。けど、なにも買わなかった。ユニクロの服って、買うときはすごく楽しいけど、着るときはあんまり楽しくないから……。その点、先日買ったシルクの白シャツは、買うときは全然楽しくなかったけど（高かったから）、着るときは毎回すごく楽しい。

しかし、そのシルクの白シャツを着るにあたって問題が発生した。生地が繊細すぎて、インナーがめっちゃ透けるのである。この問題を解決するにはあれしかない！　と、いそいそユニクロに行き、ナチュラルカラーの『エアリズムブラキャミソール』（１８９６円＋税）を手にとった。さらにその横にあった「ヒップラインを美しく見せるインナー」、つまり補整下着の『ボディシェイパー』四分丈ショーツ（９９０円＋税）が目に留まり、問答無用で買う。フリースを着ていた二十歳のころから時代が一回りし、いまは専ら体の土台作りでお世話になっている。

売り場に行き、整然と並んだ商品に四方を囲まれるたび、あのラジオリスナーと、ちょっとだけ同じ気持ちになる。ユニクロを着ているのか、はたまた着られているのか――。現代人にとってユニクロとどうつき合うかは、衣食住を考える上で、かなり大きなウエイトを占めるテーマなのだ。

映画『ギルバート・グレイプ』は、郊外にできた巨大スーパーに客を取られてさびれた地元の食料品店に勤める、当時30歳のジョニー・デップが主人公。きっとジョニデの店はほどなく潰れたことでしょう。でもチェーン店は儲けの出ない地域をあっさり見捨てるだろう。人口が減って利益を上げられなくなった巨大スーパーが撤退したら、その街はどうなるの？　そういう怖さを感じるのです。

「来年の手帳」問題

まだまだ暑くてTシャツ一枚で出歩いている時分、店頭に来年の手帳が並んでいるのを見て、「えぇ、早くない⁉」と驚くのは、世慣れていない証拠。夏が終わってから師走までの時の流れは恐ろしく速いので、そのうち買いに来よ～と余裕こいているうちに、あっという間に年が明けていたりする。だから手帳売り場の展開の速度は、あれで正解なのだ。

実は数ヶ月前から着々と「来年の手帳」をどのメーカーのものにしようか考え、下見をしていたのだった。せっかくだから頂上から攻めてみようとエルメスを密偵してみたところ、レザーのカバーは最低でも4万円以上するし中身のレフィルも1万円超えと、壮絶な価格帯であることが判明した。英国王室御用達のスマイソンも同じくらいの高額商品だったので、すごすご退散。おとなしく来年も普通の手帳にしよう。普通の手帳とは、LOFTや東急ハンズで気軽に買えるタイプの商品のこと。モレスキンやほぼ日手帳、手帳は高橋、などである。

9月のある日、たまたま銀座にいて時間があったので、伊東屋へ足をのばした。東京に来るまで知らなかったけれど、銀座の伊東屋といえば、文房具の老舗デパートのような存在。銀座通りに面した本店は赤いクリップの看板が目印だが、建て替え工事中（※当時。2015年6月にリニューアルオープン）とのことで、目と鼻の先にある仮店舗へ向かう。「仮」なので若干狭く、手帳の品揃えもそれほど多くはないけれど、変にこだわって買い逃したら予定が立たなくて大変だ。うかうかしていると来年になってしまうので、腹を決めてこの中からベストを選ぶことにする。

売り場で一際目を引いたのが、クオバディスのコーナーだった。クオバディスは、時間軸が書かれた縦型のレイアウトで知られるフランスの手帳メーカー。中身の使い勝手は折り紙付きだが、あまりにもフォーマットの種類が豊富なので、これまで選び切れずにいた。けれどこの日のわたしは奇跡的に、体力が有り余っていたのだった。あれこれ見比べてみたところ、

「アバナスムース」というシリーズがちょうど良さそうである。レフィルの紙色は目に優しいアイボリーで、左側にウィークデイの予定を、右ページには土日とノート欄が大きく取られている。16センチほどの正方形だから持ち運びにもちょうどいいし、ゴムバンドで留める仕様も便利。値段も3024円と、とっても常識的だ。5色展開の中から悩み抜いてブラウンをチョイス。どうにかこうにか「来年の手帳」にたどり着いたのだった。

早く買うに越したことはないけれど、新品の手帳を使ってみたくて、用もないのにめくってしまう。手帳ってだいたい前年度の年末からはじまっているけど、これっていつから切り替えるべきなんだろう。ジャスト元旦から？　それとも12月からフライング気味に移行しちゃう？　なにより、新しい手帳が来たら、手元にある今年の手帳への愛着が薄れてしまうので困る。これもまた悩ましい、「来年の手帳」問題なのであった。

このイラスト、最初は意味がわからなくて「なぜ車？」と首をひねったのですが、やっと気が付きました。この車、デロリアンだ！　２０１５年といえばそう、『バック・トゥ・ザ・フューチャーＰＡＲＴ２』でマイケル・Ｊ・フォックスが未来に行った年。映画の未来予想がどのくらい当たっているか検証されたり、メモリアルデイの10月21日に間に合うようにホバーボードが緊急開発されたりと、お祭り騒ぎでした。

4Kテレビという暴走

ずっと黙っていたけれど、実はこの夏、とんでもないものを購入した。それは50インチの4Kテレビ、25万円超!!! ぶっちぎりで今年最高額のお買い物である。

ここでちょっとだけわたしのテレビ・ヒストリーを振り返ると、一人暮らしをはじめた18歳のとき、親に買ってもらったテレビデオとともに進学先である大阪へ。その後、京都に転居したときブラウン管テレビ+DVDデッキに買い替える。さらに東京に出てきた2005年、32インチのシャープ液晶テレビ亀山モデルとHDDレコーダーを購入し、一気に近代化。亀山モデルとHDDレコーダーとわたしの蜜月は、末長くつづいたのだった。

しかし人間とは強欲なもので、ここ数年、愛する亀山もなんだかちょっと物足りなくなってきた。はじめて亀山がうちに来たときは、革命的に大きいとのけぞったそのサイズも、目が慣れてしまったのかイマイチ迫力がなく、家で映画を観る気がしなくなってしまった。映画を観るのがなによりの楽しみなのに……。ついにわたしも亀山と別れるときが来たのかもしれない。そんなことを思いながらだましだまし生きていた。なにしろ亀山の液晶、寿命が長いらしいので。耐久性に優れているのは素晴らしいことだけど、壊れないと買い替えどきってわからないものだ。

さて、わたしからテレビに対する要望はただ一つ、表面がテカテカしていないこと。テカテカのやつは目が痛くなりそうで苦手なので。あとサイズは極力大きいとうれしい。そんなぼんやりした状態で売り場に行ったら、30分後には最新型である話題の4Kテレビを買っていた。テレビ売り場の4Kテレビでラルクアンシエルのライブ映像を見たら、ものすごくきれいだったからつい。

4Kとは、フルハイビジョンの4倍の高画質化を追求したもの。いかにもスゴそうで、実際スゴくきれいに映るのに違いないのだけど、4Kテレビにはひとつ大きな欠点があった。それは、4Kはまだ試験放送の段階だということ。4Kテレビで4K放送は見られないのだ。

……は?

わたしもその意味を飲み込むまでに、時間がかかりました。たとえるなら、超豪速球(4K放送)を受けられる天才キャッチャー(4Kテレビ)は存在するけれど、そんな超豪速球、誰も投げられやしないのが現状、というわけなのだ。わりと本末転倒な話である。おそらくすべてのテレビ売り場で、ラルクアンシエルのライブ映像が流されてると思うが、それは4Kで撮影された数少ないコンテンツだからだろう。ラルクのほかには、きれいな海とかの素材しかないから……。

いまやテレビは、人間の目には認識できないほどの美しさを表現できたりするらしい。もうなにがなんだかわかりません! とにかくわたしにできるのは、このテレビのポテンシャルがフルに発揮できるよう、4K放送がはじまるのを、貝のようにじっと待つことだけである。

これを書いているいまも、まだわたしは家の４Ｋテレビで、４Ｋ放送を見たことがない。いちばんそれに近いものだと、日本映画専門チャンネルで放映されていた市川崑総監督『東京オリンピック』４Ｋデジタル修復版がある。ただし「２Ｋダウンコンバートにて放送」とのことで、これも正確には４Ｋではないらしい。４Ｋよ、早く本当の実力を見せてくれ！

ファッション自分探し

街を歩いているとかなりの確率で、20代のギャル服を着た40代くらいの女性に出くわす。別にどんな服を着るのも本人の自由なんだけど、化学繊維のぺらっとした生地と、もう若くはない肌の相性が、あまりよろしくないことだけは事実だ。林真理子先生の名言に、「ダメージ加工のジーンズは顔にダメージのある人は着てはいけない」というのがあるが、本当におっしゃる通り。おしゃれは年齢と相談しながらが基本なのだ。

でも、若者向けのギャル服を着る40代女性の気持ちもわからんではない。なにも考えず店先にあるものを買っていたら、そうなっていたって感じなんだと思う。かくいうわたしもここ数年、ファッション自分探しがつづいている。20代のころに好きで着ていたものが軒並み似合わなくなったので、年齢に見合った質の、そこそこ値が張る服を買うようにしていたら、ただのコンサバな人になってしまってどうにも心地悪い。年齢と相談しすぎて、自分はどういう服が好きなのか、よくわからなくなってしまった。

黄色い表紙が有名な『チープ・シック』（２２００円＋税）は、１９７７年に刊行されて以来、版を重ねているロングセラー。副題にあるとおり「お金をかけないでシックに着こなす法」が書かれた、おしゃれ本の古典である。数年前に買ったまま写真だけ眺めて積読していたが、ふと気が向いてめくって驚いた。わたしが求めていたアドバイスが、すべてここに載っていたのだ。

「調和のよくないいろんな服を、ごちゃまぜにいっぱい持つのは、やめましょう」「着ていてとても気分の良くなってくるような服を、数すくなくてもいいからきちんとそろえて、自分のスタイルの基本にしましょう」「あなたの服装は、あなたが自分でえらびとっている自分自身の生き方にぴったりそったものであるべきなのです」等、最初のページからファッション迷子の心に響く至言がびっしり！　有名無名の「スタイルのある人」が紹介されているが、その多くが、ファッションに余計なエネルギーを使うのは無駄だと考えているのがおもしろい。たしかに、おしゃれだと思う友人知人のほとんどが、「あんまり服は買わない」と言っていた。

街へ出るとなんとなく買い物になって、〝収穫〟がゼロだと時間を損した気分になる。これって実は、けっこう重症な買い物依存症なんじゃないか？　思えば中学生のころから友達と「遊びに行く」は、「買い物に行く」と同義語だった。そんなに買い物ばっかりしているのに、なんでいまだにこれというスタイルが見つかってないんだ？　小学生のころからファッション誌を読みまくってるのに、一向におしゃれにならないとはなにごとだ⁇

先日衣替えをしてクローゼットを点検し、これは処分のしどきと思う靴と洋服を集めたら、紙袋3つ分になった。まずはこれを古着屋に持っていくことが、ファッション自分探しの第一歩である。

30代になったある日、わたしに「その服もう似合ってないよ」と死刑宣告したのは夫でした。最初は憎々しかった夫（同い年）からの指摘ですが、おかげで年相応の格好を心がけられるようになったのはよかった。そんなある日、ふと見ると夫の様子がどうもおかしい。わたしは心を鬼にして言いました。「その服もう似合ってないよ」。かつてのわたしのようにムッとする夫。年齢と素直に向き合うのは、げに難しや。

サイズ選び失敗譚

ファッション自分探しを趣味的にはじめようと、いろいろ情報収集する日々。前回の『チープ・シック』と並ぶおしゃれのテキスト本、『BASIC MAGIC FASHION BOOK』（952円＋税）には、「基本中の基本のアイテムを使いこなすこと」が「スタイリッシュへの第1歩」であると書かれていた。トレンチコートなど10のベーシックアイテムを中心に着こなしのコツが紹介される中、トップバッターを飾っていたのは白シャツでもジーンズでもなく、ネイビーブレザーだった。

紺ブレかぁ〜。一着持ってはいるけれど、ジャストサイズすぎて中に着込めないし、やたらコンサバっぽくなるのでほとんど登板機会がなく、長らくタンスの肥やし状態である。試着したときはたしかにこのサイズがいいと思ったんだけどな。

山崎まどかさんの『「自分」整理術』の中に、紺ブレマニアの女性が「究極の紺ブレ」として、ブルックス ブラザーズのボーイズサイズ（3万8000円＋税）を挙げているくだりがあった。ボーイズサイズとは、その手があったかという感じ。たしかにメンズの方がオーセンティック（正統・本格）なデザインでカッコいいけど、メンズの紺ブレを着るとさすがにサイズが大き過ぎて、お父さんの背広みたいになる。でもでもボーイズサイズなら、われらウィメンにも着られるのだ。

先日、青山界隈で用事があったとき、せっかくだからとブルックス ブラザーズの本店へ足をのばしてみた。例の紺ブレを試着したところ、たしかにシルエットがいい感じである。メイド・イン・イタリーの生地も見るからに上等だ。「タンスの肥やし紺ブレ」がジャストサイズなので、今度は重ね着したとき着膨れないように、気持ち大きめのサイズ14をお買い上げしたのだった。

しかし帰路、電車の中で、じわじわと疑念が湧いてきた。あれ？ もしかして、さすがにオーバーサイズなんじゃないか？ そして家に帰って着てみたところ、どうも肩が大きい気がする。むむ⁉　改めて『BASIC MAGIC FASHION BOOK』をめくってみると、紺ブレの選び方として、肩は「ジャストから少し内側に入った位置の方がいい」とあった。ぎえええええ‼　やっちまったか‼!　しかもご丁寧なことに、「肩は直しにくいので、慎重に選びたい」と付記されていた。落ち込みも倍増だよね。

ちょっと負け惜しみを言わせていただくと、わたしは自分にサイズ選びの才能がないことを、知っているのである。失敗例は枚挙にいとまがない。そもそも子供のころ、靴を試着したとき母につま先を押され、「大きくない？」と訊かれて答えに詰まった瞬間から、その才能のなさの萌芽はあったのだった。

というわけでファッション自分探しの当面の目標は、「スタイリッシュになること」から「自分にピッタリのサイズを選べるようになること」に、下方修正することにします。

どんなに慎重にサイズを選んでも、去年買った服を今年まったく着ないという現象は必ず起こる。気分的なものもあるし、飽きちゃうのもあるけど、スカート丈のほんのわずかな差やシルエットの加減一つで、絶妙にダサく感じてしまうのだ。トレンドを無視して着たいものを着るほどのこだわりもないため、流行に振り回されがちなのが悩み。もっと研究しよ。

懺悔
〜試される買い方〜

丸い背中、埋もれた肩甲骨、前に出た肩、ぽっこり下っ腹。それらの原因は骨盤の歪みにあるらしい。そしてそのすべての項目が身に覚えあり。数ヶ月前なんとなく骨盤矯正に行ってみたところ、まっすぐ立った状態を見てもらっただけで、案の定「歪んでますね」と言い渡された。

「やはりそうですか……」

見る人が見れば、わたしの骨盤が歪んでいることは一目瞭然らしい。ほかならぬわたし自身、歪んでいる気が常々していたし。そもそもデスクワークが多いと、骨盤底筋群という下半身の筋肉が衰えがちになってしまうんだとか。その話を聞くやいなや、すぐさまアマゾンで「骨盤矯正クッションヨン」を検索し購入。もう3ヶ月愛用しているけれど、体型に変化なし。

そんなとき、深夜のテレビショッピングで、この商品と出合いました。

台湾の美容整体師、張先生が監修したという「グラマラスエアー」は、腰回りに装着したベルトが血圧計のように加圧して、ボディラインを引き締める仕組み。エアーのパワフルな力に思わず「キクぅ〜!」と絶叫する芸能人たちを見ていると、むくむくと購買意欲が刺激されてしまった。家にこもって仕事ばかりしていたせいか、約2万円もするその商品を即決で購入。ただし「いますぐお電話」したわけではなくて、いつものアマゾンで注文した。アマゾンの方が割高だったにもかかわらず、クリック一つで買えるアマゾンを選んでしまったのだ。

こういうことはほかにもあった。ずっと欲しいと思っていたジョンストンズというメーカーのカシミアストールを、ある日お店で見つけた。高級素材ならではの艶を肉眼で確認し、なめらかな手触りと質感を確かめ、ふわりと羽織って大きさをチェックする。素晴らしい。値段は並みのコートよりするけど、10年くらい余裕で使えるだろうな。

で、購入を心に決めたのに、その場で財布を広げることはなかった。例によって例のごとく、家に帰ってアマゾンで検索したのである。正規品に比べるとアマゾンで出回っている並行輸入品は、万単位で安い。うお〜、これはさすがに、安い方を選んでしまうだろう。接客してくれた店員さん、本当にごめんなさい。

アマゾンという名の超巨大通販サイトで買い物するようになったのは、2003年から。最初のうちはネットで買い物するのがただ楽しく、そのうちアマゾン中毒みたいになってヤバいと自覚し、ここ数年はできるだけ実店舗で買い物するべきだと思うようになった。だってそうしないと、近くにある店がどんどん潰れていくから。より安く買うのが賢い買い方だと思いがちだけど、それってズルい買い方なんじゃないかと思うようになった。思ってはいるものの、便利さと安さを鼻先にぶら下げられ、抵抗しきれないことも多々ある。そして実際アマゾン様に、著書を売っていただいておるわけでもあり……。ネット販売とリアル店舗、ちょうどいいバランスでの共存を祈る！

足立区公式HPの北野大氏インタビューが素晴らしい。「貧乏していたから安いに越したことはないわけだけど、それよりも大事なことは近所の付き合いだってわけです。若干高くても、地元で買って、いい関係をつくろうと。（略）最近は安い大型店に行っちゃって、そういうことが減って来てますよね。経済の原則には反するかもしれないけど、地元で消費するってことが地元の活性化につながりますからね」見習わねば。

これがほんとの大人買い

食玩ブームが熱かった2000年前後に生まれた新語、大人買い。ネットの日本語俗語辞書には、「幼少期に出来なかった購入（コレクション）に対する夢を、大人になり、経済力がついてから果たす購入の仕方」と解説されている。ビックリマンを箱で買う成人男性や、マンガを全巻セットで購入する己の姿が思い浮かぶが、全巻セットのマンガをゆっくり読む時間などないという哀切も含め、大人買いにはどこか失われた子供時代への悔恨がにじむ。幼少期に叶えられなかったことを、大人になってから金の力で埋めたところでどこか虚しい。物欲は満たせても、「コレジャナイ感」が残るのだ。

最近は、とにかく家の中をスッキリさせたいという気持ちが上回って、ものを蒐集すること自体に抵抗がある。いざとなったらスナフキンみたいに、ズダ袋一つでどこへでも旅へ出られるようでありたいとすら思う。その割に、ものへの出費が減るどころか、逆に増えている。ファッション自分探しの第一段階にいるため、大人が持っているべきワードローブの基本となるアイテムを買い集めている最中につき、単価が高いのだ。前回のジョンストンズのストールも、なんだかんだで4万円以上するし。10年使うと思えば、1年で4000円の換算。決して高くはない……はずであるが。

ものは間違いないけど、買うのに覚悟がいるタイプのアイテムを前にしたとき背中を押してくれるのが、2つ年上の義理の姉（兄の奥さん）の発言である。4歳と1歳の子育てに追われる、わたしが知る限りいま最も忙しい女、しのぶ。先日会ったとき、独身時代にしておけばよかったと思うことの話になった。「海外旅行とか?」とたずねると、ううんと首を振り、彼女はこう言ったのだった。「もっと長く使える服を買っておけばよかった。ほんのちょっとケチったばっかりに、逆に出費がかさむんだよね」

……おおお！　やはりお金に自由が利く独身のうちに、ちょっと値は張るけど質のいい、長く使える服や鞄を買い集めておくことは大事なのだ。

こういう、先を見越して長く使えるものを買うのも、一種の大人買いだと思う。さらにワンランク上の大人買いは、冠婚葬祭のための買い物だろう。趣味じゃないし欲しくもないけど、その場に相応《ふさわ》しい服装をするための買い物、これこそが本当の大人買いである。

先日、法事に着ていく服がなくて、バーニーズ　ニューヨークに飛び込み、黒いウールのワンピースと白いイニシャル入りハンカチを買った。総額3万4560円。ジョンストンズのストール買ってる場合じゃなかった。大人はお金を、こういう買い物に使わねばならんのだ！

きちんとした服、どんな場に行っても恥ずかしくない服を一揃い持っていることが、真の大人の条件かもしれない。もはや悠長に自分探ししてる場合ですらなかった。お金貯めて、喪服につけるパールのネックレスを買わなくちゃ。別に欲しくないけど。

30代からの買い物テーマ、値は張るけどいいものをちょっとずつ買い集めていくのは、とても楽しい。一方、冠婚葬祭などで必要なアイテムを買うのは、あんまり楽しくない。けれどその両方を揃えていてこそ大人ってもんだ。ローンでパール買ったろやないけ、と意気込んでいたら、連載を読んだ母から慌てて連絡が。娘へ受け継ぐ系のパールが、どうやらうちにもあったらしい。かあちゃん恥かかせてごめん！

マイ・ファースト・アウトレット

軽井沢といえば鬼押出し！　というのは、わたしがまだ小学生のとき、家族旅行で行ったころの認識らしい。１９９８年の冬季オリンピックに伴い新幹線が開業してからは、すっかり「買い物ができる観光地」になっていた。なにしろ軽井沢駅に着くなり、車窓からアウトレットが見渡せるのだ。否が応でも、ちょっと寄ってみようかなぁ〜という気になる。

テレビではアウトレットのＣＭがバンバン流れるし、新しくできたアウトレットがいかにスゴい場所かをアピールする番組もよく見る。けれど考えてみたら、これまで一度もアウトレットモールに行ったことがなかった。だってすごく疲れそうなんだもん。アウトレットモールの映像を見るだけで、ふくらはぎがパンパンになりそうだ。それにただでさえセールの買い物が下手なのに、自分がアウトレットでいい買い物ができるとは思えない。なにより、アウトレットは遠い。アウトレットまで行く移動手段がない。当方ペーパードライバーゆえ、電車で行けない場所は基本的に、「この世に存在していない」と思っている。

もちろんそれは東京にいるときの話。地元では「車がないとどこにも行けない」と、みんな口癖のように言っている。そしてどこにも行けないのはもとより、「そもそも行く場所がない」のが長らく田舎のネックだった。最近はこういう、都心から離れた場所にある広大なショッピングスポットが、一手にその需要をまかなっている感じ。ちょうどその流れと逆流するように都会へ行ってしまったので、すっかり乗り遅れたけど。

ともあれ人生初のアウトレット体験は、想像以上に「消費の沼」だった。全方位の客層をカバーするブランドが次から次へと現れるんだから、当然のように吸い込まれ、高揚して、なにか買おうと頭に血がのぼる。行くエリアを絞って疲れないうちにスマートに帰ろうと思っていたのに、気がつけば最果ての店まで制覇し、見事登頂に成功。そしてどっと疲れた。今年度ぶっちぎりナンバーワンの疲労である。

アウトレットのいいところは、同じブランドの店舗にメンズとレディースが両方入っていること。メンズのアイテムを気に入れば、それを気軽に試着することができる。マーガレット・ハウエルのウールとコットン混紡のスウェットは、レディースにも同じ素材のがあったけど、メンズを自分用に購入。値引きはされてるけど、別に泣いて喜べるほど安いわけではない。あとはロンハーマンでTシャツと靴下を。これはどちらもプロパーなので、アウトレットの意味なし！　とまあ、安定の「得でも損でもない」買い物ぶりである。

ともあれ、やはりアウトレットは疲れる。フードコートでも、テーブルに突っ伏して気絶する若者が続出していた。でもまあ、移動がほとんど車になってしまう地方の人にすれば、アウトレットくらいでしか歩かないから、いいウォーキングになってるのかも。

安く手に入れたものを長く使える人とそうでない人がいるとしたら、わたしは後者。安く手に入れたものに対して、見切りをつけるのは恐ろしく早い。それなりの値段を払ったからこそ丁重に扱うタイプです。このとき買ったスウェットとTシャツをいまも大事に着ているのは、ほぼ定価で買ったからという気がします。だったらアウトレットに行く意味はない……ということで、これ以降、一度も行ってません。

猫Vアンチエイジング

毎年誕生日に、欠かさずプレゼントを贈ってくれる親友が2人いる。いずれも地方在住のため宅配便で届くが、彼女たちからのプレゼントを年代順に並べたら、ちょっとした自分史になりそうだ。そのときどきのわたしの好みに合わせて選んでくれるので、趣味の変遷が一目瞭然なのである。

一人は京都で小さな店をやっていて、いつも可愛い雑貨を選んでくれるが、ここ数年は『ムーミン』グッズが定番のプレゼントだ。わたし、『ムーミン』が大好きなので。2014年に出た講談社文庫『ムーミン童話限定カバー版　全9巻BOXセット』（4867円＋税）も購入済み（まだ1ページもめくってないけど）。今年は彼女から、陶製のカラフルな、デカくて立派なミムラの貯金箱が届いた。これで500円玉貯金でもしようかな〜と思いつつ本棚に置いて、ひとまずブックエンドとして活用中。

　もう一人はアロマセラピストをしているので、美容まわりに詳しく、最近雑誌などにちょこちょこ顔を出すようになったわたしの「顔」のことを、すごく心配してくれている。なにしろいまはちょっとでも老けたら、すぐネットで「劣化した」とか言われる厳しい世の中。とりわけわたしは丸顔の童顔なので、変てこな老け方をしそうだ。大友克洋の漫画『AKIRA』に、白髪をおさげに結ってネグリジェを着た、顔がシワシワで子供なのか老婆なのかわからないキヨコというキャラクターが出てくるが、ゆくゆくはああなりそうで怖い。キヨコ化を阻止するためにも日頃のケアが大切ということで、今年のプレゼントはスキンケアに重点が置かれていた。ただのスキンケア製品じゃない、どれも上等なオーガニックコスメである。

　SHIGETAのミッドナイトラスターは、頭皮のマッサージオイル。マッサージの仕方を手書きのイラストで図解してくれた解説書まで同封されていた。頭皮とお肌は一枚の皮でつながっているので、顔のリフトアップには頭皮マッサージが欠かせないとのこと。ただし猫にアロマオイルは厳禁。アロマには猫の肝臓では分解できない成分が入っているそうで、危険なのだ。うちの愛猫チチモに配慮して、「必ず風呂の中で換気扇を回して使って」と注意書きしてあった。

そして極めつきがニールズヤードのフランキンセンスインテンスクリーム！　これはかの、海外ドラマ『シャーロック』で爆発的な人気を得た英国俳優ベネディクト・カンバーバッチも愛用と噂される高級クリーム。ちなみにフランキンセンスは、アンチエイジングに効果があると誉れ高い精油だそう。

そのクリームを顔に塗りたくって眠った翌朝、目を覚ますと顔面数センチの距離で、チチモがくぅくぅ寝ていた。夜中布団に潜り込んで来たらしい。こんな間近でフランキンセンスの香りを吸って大丈夫か⁉　とドキドキしてしまった。アロマもしたいけど、猫はもっと大事。当面は猫の健康とアンチエイジングの両立が課題である。

アロマはチチモに有害なので、部屋で焚くのはNG。しかしいい香りを嗅いでリフレッシュはしたい。そんなときは、チチモ本人を嗅いでます。生まれたての赤ちゃんみたいな匂いのするお腹、お日様の香り漂う背中、なんとも言えず魚臭いお口……部位によっていろんな匂いがするけれど、もっともアロマ的なのは、なんと言っても尻。猫のお尻から出るフェロモンをくんくん嗅ぐと、ストレスも吹き飛びます。本当です。

クリスチャン・ルブタン！

2004年、海外ドラマ『SEX AND THE CITY』が最終シーズンの放送を終えた。放送は終わってもDVDは残る！　いやむしろ、ドラマはDVDをリピートしはじめてからが本番。『SATC』を数年にわたって見まくり、2年前ようやく第1シーズン時の主人公たちの年齢に達した。で、先日わたしの中で第3シーズンがスタートした。34歳になったのである。

シングルを謳歌するキャリーたちの輪からはずれ、誕生日に入籍までしてしまった。これはなにか記念になるようなものを買わなくては……と思っていたものの、欲しいものがなにも浮かばない。思えば今年、いろんなものを買った。グッチのバッグを買った。アートも買った。4Kテレビも買った。買い過ぎである。子供のころは誕生日やクリスマスにならないと欲しいものを買ってもらえなかったから、プレゼントにものすごい祝祭感があった。けれどいまは自分のお金で気ままに買い物ができるので、肝心の「ハレの日」に欲しいものがなにもないのである。

だから特別なにか買わなくてもいいかな、と思っていた矢先、お伊勢丹の靴売り場を流していたところ（なぜそこに行ったかは自分でも謎）、わたしの中のキャリーが突然「ギャアー!!!」と雄叫びを上げた。なになにキャリー、どしたどした⁉ 振り向くと、そこはクリスチャン・ルブタンのコーナー。赤いソールが目印のルブタンは、マノロ・ブラニクやジミー・チュウと並ぶ、キャリー最愛の靴ブランドである。

でもってこれが高い。なんのへんてつもない黒いパテントレザーのパンプスが、税抜きで7万8000円する。なのでもちろん買うつもりはなく、「へぇ〜これがルブタンかぁ〜」くらいの気持ちで物色していたのだった。興が乗って試着してみたところ、7センチヒールのものなら履けそう（それ以上ヒールが高いと歩けない）。店員さんに聞いたところ、素足で履くことを考えるとハーフサイズ上がベストとのこと。外反母趾なのでヒールを履くのは苦行以外のなにものでもないけれど、これは安定がよくて歩きやすい。ものは抜群にいいし、修理もできるし、長く履けそう。

そして思った。これだけ時間をかけて真剣に試着して、ベストな一足を割り出せたんだから、いま買わないでいつ買うんだ。誕生日&入籍記念。いま買わないでいつ買うんだ。買え、その靴を買え、わたし！

で、買いました。勢いがついたのか、先日すっかり顧客気分で銀座のルブタン路面店に行ってみたところ、店内に一歩入るとそこは、棍棒のようにスタッズを埋め込んだ、荒々しい靴の嵐！　赤と金を基調にした内装、ギラついたバッドテイストの靴たちが、高級メゾンというお固いイメージを覆しまくり。わたしは確信した。ルブタンはヤンキーである。それもゴリゴリの！　むしろあのシンプルな黒いパンプスが異質なくらい……。

1998~2004年に放映された『SEX AND THE CITY』は、NYに生きるシングル女性4人の恋と友情を描いた傑作ドラマシリーズでした。サラ・ジェシカ・パーカー演じるキャリー・ブラッドショーは、マンハッタン在住のコラムニストにしてファッショニスタ、なにより靴マニアとして有名。キャリーによって、全世界の女性の靴への偏愛がぐっと高まったと、わたしは信じています。

要予約クッキー

甘いものがそんなに好きではないので、巷のスイーツ情報にものすごくうとい。雑誌のスイーツ特集を見ても、「わー美味しそう。でも甘そう……」といった感じで、食指が動かないのだ。自分がそういう嗜好だからか、ちょっとした手土産に甘いものを持って行くのにも抵抗がある。手ぶらじゃ恰好がつかないと、売り場を歩いて12個入りのラングドシャなどを見るも、「自分がこれもらったら結構迷惑だな」なんて思ってしまう。逆に自分で食べてみて気に入って、「これもらったらうれしい」と認定したものへの忠誠心は高い。リスの絵が描かれた西光亭のクッキーは、味も見た目もサイズもほどよく、なにかっちゃあわたしはこれを人に渡す。まるで子供の好物を、何十年にもわたって用意しつづける母親のように。

そんなスイーツ適当女子のわたしも、ついに年貢を納めるときが来た。お付き合いのある会社から結婚祝いを頂戴し、内祝いを贈ることになったのだ。内祝いは、いただいた金額の3分の1から半分ほどのものを返すのが礼儀というのは、何度聞いても解せないミステリアスな風習だけど、まあ仕方ない。郷に入れば郷に従えである。

地元富山でお世話になっている会社からいただいたので、内祝いは社員さんが休憩がてらつまめるものがいいだろう。となると、やはりクッキーか。富山の人に贈るので、ここは気張って、東京でしか手に入らないものを選びたい。しかし、「ならでは」のものは、難易度が高いのも事実。第1候補のローザー洋菓子店（可憐な青い缶で有名）も、第2候補のツッカベッカライカヤヌマ（溜池山王にあるオーストリア菓子のお店）も、予約が必須である。普段ならクッキーを買うためにわざわざ予約を入れるなんてありえないけど、いまこそ本気を出すときだ。なにがなんでも東京感が溢れる高級クッキーを確保しなくては。次に富山へ行く、12月8日までに。

が、折り悪くバター不足とクリスマス時期が重なった上、予約の電話を入れるのが遅れて（これが最大の敗因）、どちらも8日までに用意するのは難しいとのこと。あまりの落胆で、問い合わせの電話をかけるわたしの手は震えた。たかがクッキーされどクッキー。東京の要予約クッキーのハードルは、思った以上に高かった。でもここで妥協して、東京じゃなくても買えるものにするのは嫌だ！

ということで、わたしは生まれてはじめて、真剣に雑誌のスイーツ特集を読み込んだ。そうして巡りあったのが、「菓子工房ルスルス」。2007年創業の、都内に3店舗しかない小さな洋菓子店だ。わたしは神にも祈る気持ちで電話をかけた。そして祈りは通じた！

10種類の可愛らしいクッキーが詰まったネオン缶（4536円）を3つ、キャリーバッグに入れて、これを書いているいま、わたしは富山きときと空港のラウンジにいる。ここまでの苦難を思うと涙が出そうだ。クッキー、割れてないといいけど。

甘いもの、嫌いなわけではないんです。その昔、村上開新堂という老舗のクッキーを人づてにもらったことがあるのですが、これがクッキー史上最高の美味だった！　しかしこの店、なんと紹介制というスタイルをとっているため、それ以来一度も口にできていない、真に幻の要予約クッキーなのでした。それを知ってたらもっと大事に、味わって食べたのに……。ピンクの空き缶は裁縫箱に使わせてもらってます。

きものとわたし

お正月は家族みんなが晴れ着で初詣に出かける、という風習は、いつごろなくなったんだろう。いまもごくごく稀に、初詣に全員がきものを着ている一家を見かけるけど、ダウンコートの群れからは浮きまくっていて、なんだか気の毒。現代において不自然でない晴れ着は、成人式の娘さんか、正月番組の司会の女子アナくらいだ。

どうしてこんなことになったんだろう？　もちろんわたし自身、子供のころから正月に晴れ着を着る習慣なんてなかった。ただし家にきものはたくさんあった。母が結婚するとき、タンス一竿分ものきものを持たされていたのだ。昭和ヒトケタ生まれの祖母はある時期まできものを日常着にしていたというから、おそらく団塊の世代あたりでパラダイムシフトが起き、

「正月に晴れ着」の風習は絶たれていったんだろう。核家族の子育ては過酷だから、優雅にきものを着る余裕なんてなかっただろうし。納戸でじっと身を潜めつづけた母の嫁入り支度のきものは、約30年後に眠りから解き放たれたのだった。突如きものに目覚めた、娘の手によって。

実はわたし、着付けの師範資格を持っているのだ。28歳のころ、着付け教室にせっせと通って習得したのである。これは持論だが、女性は20代後半になると和文化に惹かれるようになる。お茶やお花、歌舞伎に落語に文楽。未婚で恋人がいなかったりすると、目覚める確率はぐっと上がり、傾ける情熱も増す。実際わたしは彼氏のいない時期に、周囲がドン引きするほどきものにのめり込んでいった。

といってもワードローブは母のタンスから発掘したものや祖母のお下がりが中心で、自分で買うのはもっぱら若者向けのポリエステルきものや中古のアンティークだった。すごく高いものではないが、それでもローンをいくつか並行して組むなど、あのころのわたしは常軌を逸していた。「きものを買った総額で、シャネルやエルメスのバッグも買えたんじゃないか」と気づいた瞬間、ヒューーッと熱が冷めたけど。

しかし着付けのスキルときもの一式は手元に残った！　このエッセイが連載されていた週刊文春の、２０１５年新年特大号で、春日太一さんとの対談のお話をいただいたときも、「じゃあきものて行きますね」と威勢よく宣言。こちとらきものを着る機会に飢え、虎視眈々とチャンスを狙っているのだ。母のタンスから拝借した梅の小紋に、帯は自前の、鳩が刺繍されたしゃれ袋帯を合わせ、帯締めは祖母のお下がりの空色を、帯揚げは梅と同じ赤でコーディネート。撮影があるので、さすがに着付けはプロにお任せしました。

ところで、久しぶりにきものの引き出しを開けたところ、ずいぶん子供っぽいものを買い集めたもんだなぁと啞然としてしまった。30代半ばのいま、もうこんなポリエステルのきもの、着られないよ。洋服同様、20代のセンスで買った安物は、30代には通用しない。いまなら絶対に選ばないものばかり、よくもまあこんなに……。きものに目覚めるの、ちょっと早過ぎたようである。

イラストでとなりに立っている男性は、わたしの夫……ではなく、対談相手の映画史・時代劇研究家、春日太一さん。もともと長身の男前ですが、きもの姿の春日さんはめちゃくちゃ立派でカッコ良かった。しかしそのあと衣装を脱いで、カジュアルな私服になった姿を見たら、「あれ？　さっきの威厳に満ちた男性はどこへ？」くらいの落差が……。男性も、絶対もっときもの着た方がいいですよ！

趣味としてのお手入れ

２０１４年に刊行した小説『パリ行ったことないの』を書くため、一時期パリ関連の本を読みあさっていた。パリ本は一大ジャンルといえるくらいたくさん出ているけど、ついに真打ちが登場。『フランス人は10着しか服を持たない』（１４００円＋税）は、フランス貴族の家に半年間ホームステイした経験から、お金をかけず豊かに暮らすことに目覚めたアメリカ人女性が、マダムから学んだ心得を綴った本だ。

物質主義の総本山みたいなカリフォルニア育ちの著者は、大型スーツケース２つに洋服を詰めてパリにやって来た。ところが、アパルトマンの部屋には小さなクローゼットが一つあるきり。「全然足りないじゃん！」。が、もっと驚いたことにマダムの一家はみんな、本当にこのサイズのクローゼットに収まる量の服しか持っていなかったのだ。

マダムのワードローブは、題名のとおり本当に10着ほどだったという。冬はウールのスカート、カシミアのセーター、シルクのブラウスがそれぞれ3〜4枚。どれも上質で着回しが利くものばかり。たしかにうまく組み合わせれば、それだけの服しか必要ないのかも。雑誌でよく見る「1ヶ月着回し」企画も、メインのアイテムは10着ほどだ。

さすがに10着には絞り込めていないものの、できるだけ質のいいものをちょっぴり持ちたいとは思っていて、昨冬カシミアのニットを買った。値段はたしか2万5000円くらい。ミンク加工されていて、毛足が綿のようにふわふわでとても暖かい。ただし凄まじい勢いで毛玉ができる。それも毛玉クリーナー不可の、プードルの巻き毛みたいな渦状のやつが。なので着たあとはブラッシングが必須だ。持っていた安物の洋服ブラシではどうにもならなくて、「ブラシの平野」で手植え水雷型（1万8000円＋税!!!）を購入。いくらなんでも洋服ブラシにこの値段はないぜ、と思ったが、道具こそいいものを揃えなくては。人気の品らしくホームページに、「慢性的な在庫不足」と書いてあったのにもグラッとなった。

前にニットをドライクリーニングに出したとき、あまりに石油臭いのに閉口して、以来なんでも自宅で洗うようにしている。カシミアを手洗いしたときはかなりドキドキしたけど、無事もとのふわふわになったので、気を良くして洗剤のグレードを上げてみた。ザ・ランドレスは、デニム用洗剤やスポーツ衣類用洗剤が揃う、ＮＹ発のマニアックなファブリックケアブランド。ここのウール＆カシミア用洗剤（２８００円＋税）だと、洗濯機の手洗いコースでも充分ふわふわになった。

ブランドものの本革バッグも、使ったあとは布で拭かなきゃいけないし、革靴もケアをしないとすぐダメになってしまう。上質であればあるほど、実はすごく手間がかかる。面倒くさ！　と思いつつも、雑念を振り払って無心で手を動かすのはけっこう楽しい。僧侶か職人になったつもりで、せっせとお手入れに励むのが最近の趣味。

夏場はさておき、冬になるとこの洋服ブラシが大活躍します。ニットの表面をさっと撫でるだけで、毛羽立ちがおさまって新品のように。それでも毛玉ができたときは毛玉クリーナーの出番。毛玉クリーナーはお手入れ界の華、発明した人は天才だと思う。うちにあるＴＥＳＣＯＭの毛玉クリーナーは、２０００円ちょっとで買ったものですが、かなりの優れもの。これがないとニットは着られません。

高級バター＆バターケース

バター不足である。スーパーに行ってもバターの売り場だけがらんとしているのにはもう慣れたけど、うちがとっている食材宅配サービスのチラシに、「バターは抽選になります」と書いてあったのにはさすがに驚いた。近所のスーパーで手に入るプライベートブランドのバターは恐ろしく不味く、コクというよりエグみしかないような代物なので、あれに手を出すくらいなら死んだほうがマシ……。でも美味しいバターは抽選かぁ。当たる気がしないな（ハズレました）。

そんな折り、成城石井でカルピス（株）バターを見つけた。カルピスバターはその名の通り、あのカルピスが作っているバターのこと。カルピスの製造工程で培った技術によって、牛乳から極上のバターが作れるんだそうだ。

まるで野球のスイングを一生懸命練習していたら、ゴルフのスコアが100切りました！　みたいな話である。一流シェフ御用達で、店に卸されているため一般にはあんまり流通していなかったらしいけど、高級スーパーでちょこちょこ見かけるようになり、50g入りで300円ほどの「ソフトバター」を何度か買ったことがある。たしかに美味しかった。色もこってりした黄色じゃなくて白っぽく、味もしつこくない。冷蔵庫のバターを切らして困っていたけれど、そうか、カルピスバターという手があったか！

しかしその日棚にあったのは、450g入りの「特撰バター」（希望小売価格　約1400円）のみ。ブロックレンガ並みの大きさだ。ちょっと悩んだけど、買うことにした。バターがないとトーストが食べられないし。これは、米があるのに納豆がない、くらいの危機的状況なのだ。

特撰バターのパッケージは、宝箱のように蓋を押し上げる形で、その中に紙に包まれたバターが神々しく収められていた。その姿を見た瞬間、「しまった」と思った。バターを使うたびにいちいちこの金色の紙を剥ぐなんて、そんな面倒なことしてらんない。というわけで急遽、バターケースが必要に。そしてバターケースというと、あのメーカーの名前しか頭に浮かばなかった。
野田《のだ》琺瑯《ほうろう》は、昭和9年創業の老舗琺瑯メーカー。ホワイトシリーズの保存容器が人気で、うちのヤカンもここの「ポトル」の黄色を使っている。バターケースは2種類あり、450g用のは税抜き3300円。つまり、バターを入手し快適にサーブするのにかかった総額、約5000円也。パンに塗る以外、そんなに使わないのに。毎日パン、食べるわけじゃないのに。

でもまあ、ケースを逆さにひっくり返して、サクラの天然木の蓋にカルピスバターを載せてテーブルに置くと、食卓になんともいえない華やぎが生まれる。どこかの洒落た西洋の国で朝食をいただいているようなときめきがある。この5000円はときめき代だ。言うまでもなくバターも美味い。元を取るためにも今後永久に、450gのバターを買い続けなければいけないのは、ちょっとプレッシャーだけど。

450gのバターを永久に買い続けなければ……と言った舌の根も乾かぬうちに、可愛い丸缶に入ったトラピストバターをパケ買いしてしまい、現在このバターケースは食器棚に仕舞われています。バター不足どうなったんだろうと調べると、どうもTPPなども絡んだ国家レベルの難しい問題らしく、記事を読んでも全然理解できなかった。とにかく、今後も時期によっては不足することが予想されます。

マイ・ヴィンテージ

正月帰省から東京に戻った翌日、実家から段ボール箱が届いた。中身は米、ではなく、リバイバルできそうなバッグや衣類。実家に帰るたびにチマチマとものを持ち出す癖があるのだ。今回抜擢したのは、高校時代に使っていたエルベシャプリエのリュック。地元富山の駅ビルの地下にあった、フレンチカジュアルのお店で買ったものだ。

わたしが高校生のころはユニクロもまだメジャーではなく、ファストファッションという概念もなくて、お洒落とはそれなりに値の張るブランドものを買うことだった。ア・ベイシング・エイプなどの裏原系が人気絶頂、ヒステリックグラマーやA・P・Cがもてはやされ、根性の入った子はヴィヴィアン・ウエストウッドやマルタン・マルジェラ、コム・デ・ギャルソンといった高級メゾンを扱う店に、高校生の分際ながらわが物顔で通っていた。当時すでに平成不況ははじまっていたけど、中心市街地には次々と路面店が出店していたし、オープンのたびにクラスメイトと大騒ぎして詰めかけた。放課後は毎日のように遊びに出て、ファストフードで休憩を挟みながらアーケード街の端から端まで歩いた。いまから思えば、街は輝いていた。

この十数年の間に人の流れは郊外へと移り、中心部からはびっくりするほど店がなくなって（マクドナルドも撤退！）、わたしがエルベシャプリエのリュックを買った店も随分前になくなってしまった。たまに地元の街で高校生の姿を見かけると、懐かしくて涙が出そうになる。

ともあれ、街は変わったけれど、ものは変わらない。わたしが愛用していたエルベのリュックは、実家という名の時の流れの止まった博物館に、この十数年の間、大事に保管されていたのであった。

俗に流行は20年周期で繰り返すというけれど、一昨年あたりにエルベのリュックが欲しくなり、新しいのを購入。パソコンや資料を持ち歩くのに、革のバッグだと死ぬほど重いけど、ナイロン製のリュックなら軽々背負えて重宝していた。けれど雨に濡れたのがよくなかったのか、いつ頃からか内側の加工がぺりぺりと剝がれるようになり、日焼け後の背中からむけた皮膚みたいなのが、あちこちに付くようになってしまった。買い替えるのも悔しいし、そのままにしていたところ、実家のクローゼットに乱雑に放置されたエルベを発見。これ幸いと段ボール箱に詰めたのだった。実家を出て今年で17年、ついに自前の愛用品がヴィンテージ化するようになった。非常に感慨深い話である。

海外旅行土産でもらったと思しきエルメスのスカーフ「カレ」など、実家にあっためぼしい品は、すでにあらかた持ち出している。大学生のころに「わーいわーいエルメスだ〜」と大喜びで失敬したきり、実は一度も使っていないカレを、今年こそは巻いてみようと思う。

高校時代に買ったエルベのリュック、17年の時を経て見事リバイバル、毎日のように使いまくっています！　どんな格好にも合うし、コンサバになり過ぎずカジュアルダウンさせてくれる魔法のアイテムです。一方、エルメスのカレは持ち出したものの、うちのクローゼットで再び眠りについています。どう巻いていいかわからないし、どう考えても似合ってなくて……。似合うようになるまで、もう少し大事に保管しておきます。

完璧な加湿器

さかのぼること2ヶ月前、加湿器を新しくした。超音波式（吹き出し口から冷たい霧が出る）で値段は7000円くらい。サイズも小ぶりでデザインもすっきりしているのが気に入って決めたが、家で電源を入れた瞬間「あっ」と思った。超音波で水を震わせる構造のせいか、ジィーという耳障りな音がする。この冬ずっとこの音と一緒かと思うと凹んだ。

そのわずか数時間後、更なる欠点が発覚。サイズが小さいせいで水を入れておくタンクも小さく、すぐに給水ランプが赤く点灯する。家にいる間ずっと点けっぱなしだと、3〜4時間置きくらいに給水をせがんでくることになる。タンクを取り出し蛇口の水を注ぐのは簡単な作業だけど、それを日に何度もするとなると本当に骨が折れる。すぐに水を欲する加湿器に向かって、「お前もうちょっと耐えろよ！」とキレた。

そんな折り、ＴＢＳテレビ『マツコの知らない世界』で、加湿器が取り上げられていた。加湿器には４つの種類（スチーム式、超音波式、気化式、ハイブリッド式）があって、うちにある超音波式は、加湿力がいちばん弱いという。しかも週に１回の頻度でお手入れしないと内部にカビが発生して、逆にのどをやられてしまうこともあるんだとか。加湿器は正しく使えばインフルエンザ対策に有効だけど、超音波式のものは掃除をサボるとカビ拡散器と化し、「加湿器病」と呼ばれるアレルギー性の肺の病気を引き起こすこともあるという。そのＶＴＲを見た瞬間、わたしがそっと加湿器の電源を切ったのは言うまでもない。

ここで超音波式を擁護すると、４つの種類のうちもっともデザイン性が高いのがメリットで、雑貨屋でも気軽に売られているのだけど、逆に言うとほかの種類の加湿器のデザインに、少々問題があるってことだ。家電のデザインに文句を言い出すとキリがないけど、とにかくどの加湿器も見た目はパッとしない。どことなく鈍臭い、四角くてドでかいキューブ型か、デザインに凝りすぎ&自己主張強すぎのどちらかで、「普通のやつ」がないのだ。インテリアに自然に溶け込む普通の家電が欲しいのに、そのニーズにはなかなか応えてくれない。

もしわたしが家電メーカーの人なら、「そういう商品が欲しいなら無印良品に行ってください」と言うだろう。実際わたしが買ったのも無印の超音波式加湿器である。見た目に文句はない。ただ、思った以上に手のかかる存在だっただけで。

それにしてもこういう家電選びって、いくら事前にスペックを調べて検討を重ねたところで、買ってみないと本当のところはわからない。耳障りな作動音も給水の煩わしさも、使ってみないと気がつかない。

もう一つわかったのは、欠点のない完璧な加湿器は、まだこの世に存在しないってこと。スチーム式は加湿力が高くてお手入れも楽だが、電気代はいちばん食うらしい。

とりあえずこの冬は、超音波式とともに生きます。

２０１５年の冬に、ダイニチのハイブリッド式加湿器ＲＸシリーズを１万円ちょっとで購入しました。色はプレミアムブラウン。決め手はやはり、いちばん部屋に馴染みそうだったから。加湿器に限らず日本メーカーの家電デザインの絶妙なダサさにはいつも落胆させられますが、これは無骨で愛想がなくてグッときた。しかしやはり暖房＋加湿でいうと、ストーブとその上に置かれたヤカンに勝るものなし。絵的にも、実用的にも。

ネットで出会いました！

先日、ずっと探していたものをついに買った。配送料込みで10万円弱が高いか安いかはひとまず置いといて、一応わたしも作家なので、コレに多少のお金はかけてもいいだろう。

なにを買ったかというと、机である。小学校入学のときに買ってもらった、コクヨのロングランデスク（成長に合わせて高さを調節できる名器）を初代とすると4代目。2代目は大学時代に買ったフランフランのテーブル、その後京都に引っ越したときに、ザ・昭和な中古の片袖机を購入し3代目にバトンタッチ、以来ずっと使ってきた。しかしこの片袖机、突き板を貼っただけのものでけっこう安っぽい。当時住んでいた畳敷きのボロアパートには大変マッチしていたけれど、ずいぶん前から買い換えたくて仕方なかった。

思えば2代目も3代目も、〝運命の机〟を見つけるまでの急場しのぎに、妥協して買った感が強い。一生をともにしたいと思えるパートナーのような机を求めて、わたしは結構がんばった。目黒通りや西荻窪といった、アンティークショップ密集地帯に足を運んだし、街を歩いていて良さそうな家具屋があれば覗いた。けれど一向に、運命の机は見つからなかった。

さすがに探し疲れてきて思った。そもそも運命の机ってなに？ 自分の夫すら運命の相手かどうか、よくわからないまま籍を入れたのに⁉（余談ですが、昔通っていたきもの教室で、同窓生のおばさまが言っていた「彼氏のことが半分くらい好きなら結婚すべし」という言葉が忘れられない）。じっくり探したいのはやまやまだけど、ショップに定期的に通うのは無理だ。本当のことを言えば夫とも、「一目見てこの人だとわかりました！」みたいな出会いが望ましかったが、そうじゃなかったし、この際贅沢は言うまい。

こちらの希望は3点。天板の両サイドに引き出しがついた両袖机であること。狭い賃貸アパートの玄関を通れるように組み立て式であること。常軌を逸した値段じゃないこと。以上の条件をクリアする机をネットで探したところ、ヒットしたのがこの10万円である。

ラフジュ工房は、実店舗を持たずサイトのみで販売しているアンティークショップ。イギリスや北欧、民芸などのアンティーク家具を幅広く扱っていて、商品点数が多く、サイトは見応えたっぷり。あらゆる角度を押さえた商品写真が満載で、サイズや状態も詳しく書かれているし、とにかく見やすいのがいい。こんな大きな買い物（体積、値段、あらゆる意味で）をネットでするのははじめてなのでけっこうドキドキしたけど、ちゃんとイメージした通りの机が届いた。これに味を占めて、いろいろ買ってしまいそうで怖い。

それにしてもご時世とはいえ、結局ネットかぁ〜。「結婚相手とはネットで出会いました！」という夫婦がゴロゴロいる時代ではあるけれど、できればまあ、ネットで買ったってことは、あんまり言いたくなかった。

組み立て式といってもネジや六角レンチで留めるわけではなく、左右の引き出しの上に天板部分を載せ、カチッと嵌め込める作りなので、引っ越しのときは上下を取り外せるんです。こういうものを新品で買うとなるともちろん10万円ではきかないので、やはりアンティークは質を考えるとお値打ち！　天板がけっこう落書きだらけだったりするのですが、なぜか気にならない。傷も味になる、アンティークの不思議……。

ボタンに魅せられて…

実家に眠るヴィンテージをどんどん活用していこうと発掘した結果、自分でもおしゃれなのかそうでないのかまったく判断のつかない、謎の柄セーターを着ていたりする日々。先日試しにトークイベントにそのセーターを着て行き、こっそり反応を窺っていたところ、観客の女の子から「そのニット可愛い」との声が！　以来自信を持って着ている。

さてそのセーター、実は「バランタイン」という高級ニットウエアブランドのもので、おそらくバブルの頃ヨーロッパを旅行した洒落者の亡き祖父が、お土産に買ったものと思われる。しかし誰もその土産ニットに手をつけないまま、実家のタンスに仕舞い込まれていたのだった（洋服を人に贈るのはリスキー過ぎるよおじいちゃん！）。虫食いなどはなく保存状態は極めて良好だが、卒倒しそうなほど樟脳臭かった。

問題はその柄セーター以外に、バランタインのカーディガン（同じ形）が色違いで3枚もあるということ。白、生成り、ブルー。いずれにも強烈なマダム感を放つ金ボタンがついており、わたしにはまったく似合わない。せめてこの金ボタンさえなかったら、もうちょっとカジュアルに着られそうなのに……。そこで、思い切ってボタンを付け替えることにした。

吉祥寺にあるボタン専門店「エル・ミューゼ」へ行き、壁一面にぎっしり並んだボタンの中から、良さそうなのを探す。ボタンと言っても、木、シェル、メタル、ガラス等、素材もさまざま。値段は３００〜４００円のものが多いが、希少なアンティークボタンだと、１個１５００円くらいするものもあった。

ニットカーディガンにはボタンホールが6つあるから、予備の1個を入れると7個×3着分＝21個のボタンを選ぶ必要があり、これがけっこう大変。サンプルに持っていった白ニットの上にボタンをのせて、どういう雰囲気になるか試しまくる。面積は小さいのに洋服の印象をガラリと変えてしまうボタン選びは、困難を極めた。が、だんだんハイになってきて、自分が着ているコートのボタンまで付け替えたくなり、さらに12個のボタンを追加購入。計33個ものボタンを買い、その晩なにかに取り憑かれたようにボタン付けに没頭したのだった。

ボタン付けは奥が深い。きつきつに縫い付けると布地が引きつってしまうため、絶妙な力加減で「表情」を出していかねばいかん。厚手のコートやニットなら、軽く浮かせてボタンの下で糸をくるくる巻いて、気持ちブラ～ンとしてるくらいがベストだ。ということに、縫い付けていくうちにだんだん気づいてきたため、やり直しが相次ぐ。ボタン付けを全部やり切ったときは、なんか感動した。

ワンシーズン着れば大抵の服に飽きがくるけど、ボタンを替えると寿命がぐっと延びて、新鮮な気持ちで着られるようになる。なによりボタン選びもボタン付けも楽しかった。クローゼットにある着古した洋服を眺めては、「ボタン付け替えてぇ！」とウズウズしている。

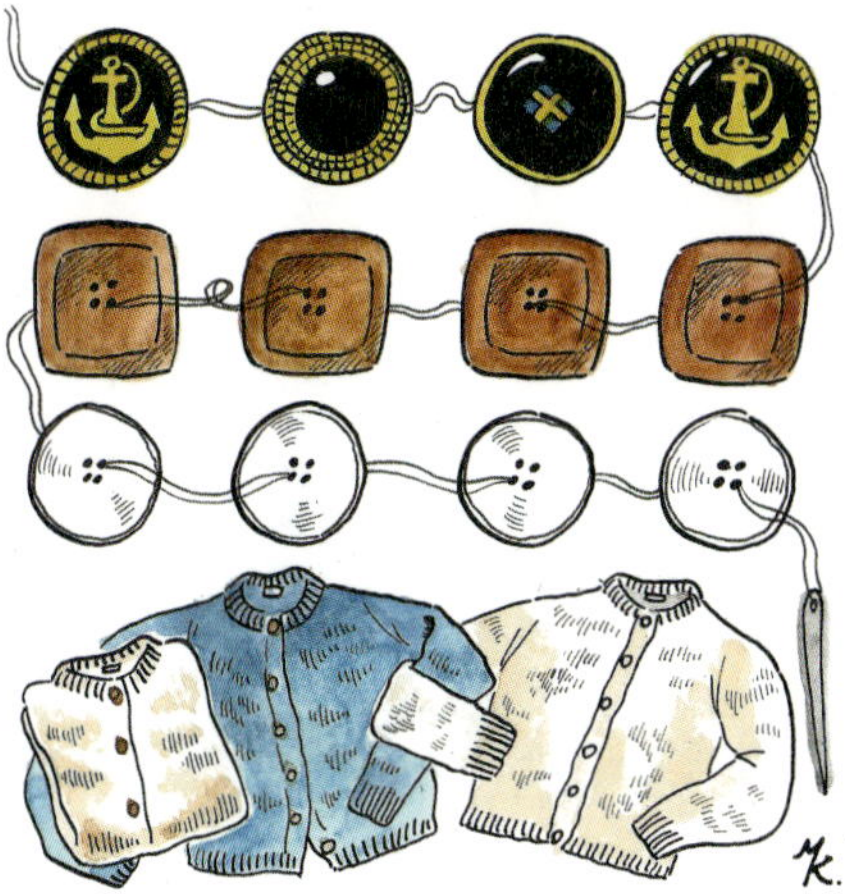

わたしが深夜に黙々と、何十個にも及ぶボタンの付け替えをしているのを見て、夫は「怖かった」と言った。あれから1年。意気揚々と付け替えたコートのボタンが、どうも気に入らない。元に戻したい。けど猛烈に面倒で、裁縫箱を開ける気も起きない。やはりあの日、よっぽどボタンに魅せられていたんだなぁ。裁縫やお手入れははずみがつくと一心不乱に集中できるけど、性格上、腰を上げるまでには相当時間がかかります。

ついに指輪を

渋谷区が、同性婚の証明書を発行する条例案を発表した。結婚の認められていない同性カップルを、「結婚に相当する関係」と認めるものという。法律上の効力はないらしいけど、証明書がオフィシャルに発行されるだけでも喜ぶ人は大勢いるだろう。というかそういう証明書、わたしも欲しいくらいだ。

２０１４年11月、役所に婚姻届を出したとき、窓口で対応してくれた職員さんの口から出た控え目な「おめでとうございます」以外、なに一つ結婚を証明するようなものはいただいていない（区から）。婚姻届は提出すればお終いで、とくに控えをもらえるわけでもないので、なんだか妙な肩透かし感があった。え、いまわたしたち、本当に結婚したの？　結婚したと思っているのは自分たちだけで、まだ同棲してるだけの間柄なのでは？　そんな不安に駆られるくらい、なんか手応えがなかった。

同性婚が認められているフランスで、フランス人の女性と結婚したタレントで文筆家の牧村朝子さんが、婚姻関係や家族関係を証明する「家族手帳（LIVRET DE FAMILLE）」なるものを持っているのを、テレビで見たことがある。しっかりした厚手の布表紙の家族手帳は、名門私立大学の卒業証書みたいですごく立派だった。あれだよ！　わたしが発行してもらいたかったものは！　渋谷区の条例がちゃんと通ったら、ただの紙っぺらじゃなくて、いいやつにしてあげてほしい。

とくに証書の発行されない日本の結婚、唯一にして最大の、証明どころか人様に喧伝するアイテムといえば、左手薬指の指輪である。何度か百貨店でガラスケースを覗き込んだものの、いいなと思うものがなく、ずるずると3ヶ月も経ってしまった。先日ようやく浅草まで足をのばし、お目当てのショップ「メデルジュエリー」に行って来た。ブライダルの指輪を見る場合は、要予約であるという。わざわざ予約して買い物に行くなんて、いかにもただごとではない感じだ。

結婚指輪を買う……それは、選択に次ぐ選択である。数多《あまた》のブランドからメデルジュエリーに絞るだけでも大変だったのに、さらに数十種類のブライダルリングの中から好みのものを一つ選び、ほっとしているのもつかの間、金種（イエローゴールド／ホワイトゴールド／プラチナ等）を選び、サイズを選ぶ。ロールプレイングゲームみたいに次から次へと新たな選択事項が降りかかってくる。選択も一段落し、伝票に値段が書かれる段になって、ようやく「カネ」のことを思い出した。

見ると、夫のリングは15万円、わたしが選んだものは7万円とある。たしかに夫のリングはわたしのより倍くらい太い。だけどなんだろう、この値段の差が妙に悔しい。夫が刻印（指輪の内側にlove foreverとか彫るやつ）をどうしようか悩んでいる隙に、3万円のネックレスを選んで、ついでに伝票につけといてもらった。

メデルジュエリーは受注生産のため、仕上がりは1ヶ月後。うふふふふ、楽しみ～。

指輪にしろネックレスにしろ、シグネチャー的なアクセサリーを付けっぱなしにすることにほのかな憧れがありました。なので、指輪はジャストサイズを選んで、24時間付けっぱなし方式に。その後「家庭内での食中毒はずっと付けっぱなしの指輪が原因？　手洗いや料理のときは指輪を外して」という記事を読んだ、時すでに遅し。外すのが一苦労な指輪を選んだことを、若干後悔しています。

お花作戦
〜雑貨病の克服〜

23歳くらいのころ、京都の雑貨屋さんでアルバイトしていた。場所柄、平日でも観光客が多かったけれど、夕方5時を回ると、仕事帰りらしき女性客が一気に増えた。彼女たちは一様にテンションが低く、見るからに疲れていた。おそらく一日中パソコンを叩いたり電話を取り次いだりしていたんだろう。そうやって会社で働いていると心がカスカスに乾いて、一日の締めくくりに可愛い雑貨でも買わなくちゃやってらんないわ、という状態になるのだと思う。退勤してから家に帰るまでのワンクッションに、雑貨屋に並ぶ小物（多くは、そんなもん買ってどうすんの？　としか言いようのない、可愛いけど使い道のないもの）を見て、彼女たちは疲労困憊した心に、栄養を補給しているようだった。

わたしも長年、愚にもつかない雑貨を買うことで、心の均衡を保ってきた一人である。ちょっと駅ビルを通り抜けようとしただけなのに、ヘアゴムとかメモ帳とかポーチとかを買ってしまうのだ。服やバッグを買う方が確実にアガる、けど毎日服を買うわけにもいかない。雑貨は、まさにそんな需要に見事にフィットするのだった。フォトフレームでもいい、リスとかハリネズミがついたマグネットでもいい。とにかく胸がときめいた素敵なものを買って帰らない限り、心の隙間を埋められない。「女性と買い物」は永遠のテーマだけど、ここらへんのメカニズムを、ぜひ誰かに解明してもらいたい。

意味のない雑貨を買うのはやめようとしばらく控えていたのに、深夜にネットで爆発し、先日も北欧雑貨の店で散財してしまった。リネンのテーブルクロスとランチョンマットという、ちゃんと使い道があってなおかつかさばらないものを選んだところに、せめぎ合うギリギリの自制心を感じていただきたい。あんまり我慢しすぎてもダメ、かと言ってこれ以上ものが増えるのは困る。でもちょっと外出したときに、なにか買って帰りたいという気持ちは抑えられない……。

そういうときは原点に立ち返って、花を買うことにした。たいていの花は雑貨より可愛いし。というか、花より可愛いものは人間には作れない！季節の切り花もいいけど、１ｍくらいありそうな枝物があると部屋がぐっと締まるので、最近はよくドウダンツツジを活けている。同じ花瓶にコデマリやミモザを入れると、ぐっと華やいでいい感じに。ちなみに鉢物の観葉植物は雑貨にカウントされるので、手は出さないようにしている。

前は花を買うとき、すぐに枯れちゃうんだからもったいないなぁと渋る気持ちがあったけど、雑貨を買う代わりにお花を買っているんだと思うと、なんだかすごく、いいことをしている気分になる。心の隙間は、花で埋めるに限る。

お花のこと、年々好きになっていきます。お花は季節を感じさせてくれる上、部屋に生気も与えてくれる。お花が部屋の中にないと、心がしおれるよう。あるのとないのとでは大違いです。〆切に追われているときは軟禁状態ゆえ、花が切れてもおいそれと出かけられず、これがけっこう辛い。週に1度はお花屋さんを覗けるくらいの、時間的&心理的な余裕を持った暮らしが理想です。

クレジットカード論

いまだによくわからない社会の仕組みに、クレジットカードがある。一時的に肩代わりしてもらった支払いを、翌月まとめて引き落とされるだけなのに、一体なにで利益を出しているのだろう。謎だ。でもすごく儲かってそうだ。

この十数年、わたしはたった一枚のクレジットカードとともに生きてきた。大学時代に作った学生カードで、最初の上限額は10万円だった。それが、定期的かつ積極的な消費活動と、長年にわたる確実な引き落としにより、上限はどんどん更新されていった。30万になり、50万になり、ついにゴールドカードへの移行を勧誘するDMが届くようになった。

カード番号が変わるとネットショッピングの登録も変更しなくちゃいけ

ないし、別にいいやと無視してきたものの、30代も半ばとなると、店のレジで学生カード上がりのシルバーを出すのが、なんかちょっと恥ずかしくなってきた。この際だから誘いに乗って、ゴールドにしちゃおうかしら〜と申込書をいそいそ書いていたら、「なんでわざわざ年会費のかかるやつにするの？」と夫に訊かれる。

わたしは正直に答えた。

「……見栄？」

これでも一応、クレジットカードは浪費のもとだと警戒している。カード破産の恐ろしさを描いた宮部みゆきさんの『火車』を高校生のころに読み、クレジットカードというのは（使い方によっては！）底なし沼のように恐ろしいものだと心に刻まれたので。とくに複数のカードを持つのは地獄への第一歩、と認識している。

利益の仕組みがベールに包まれているものの、クレジットカードの新規申し込みを募る特設コーナーは、街のあちこちにある。大型スーパーから空港まで、至る所で声をかけられるし、ちょっとルミネでなにか買うたび、「ルミネカードはお持ちですか？ お作りになりますか？」と勧誘される。

わたし社会的信用ゼロのフリーランスだから、たぶん作れないと思うよ？という言葉を飲み込んで、「クレジットカードは一枚しか持たないって決めてるんです」と、颯爽と断っている。審査のゆるい学生カードを作っておいて本当に良かった……。

ところが登録しているネット会計ソフト「ｆｒｅｅｅ」の解説本によると、クレジットカードを二枚持って経費用とプライベート用に分けてしまえば、明細がそのまま帳簿になるから大変便利だという。そこで方針変更。ゴールドカードを申請し、追加でもう一枚カードを作ることにした。行き場をなくしていた虚栄心が、実利と見事な調和を果たしたのだった。

ゴールドカードの申込書を出して数週間、いまだに新しいカードは届いてない。もしや審査でハネられたか⁉　そもそもクレジットカードの準備が整ってないのと、解説本を読んでも理解できないのもあって、登録したものの「ｆｒｅｅｅ」は放置状態。確定申告の期日まで、現時点で残り２週間。まあ、かなりヤバいです。

掲載後、お店をされている読者の方からお手紙で、クレジットカードの仕組みを丁寧に教えていただきました。カード会社は、消費者ではなく加盟店から手数料をとっていたんですな。カードが使えることでお客さんが高額な買い物をすることができる一方、手数料もしっかりとられている。まさに「痛し痒し」な関係。こういう「間に入っている」会社が、いちばん儲けてる気がするんですよね、どの業界でも。

ます寿司の……ピアス！

わが地元富山に、ついに新幹線が通った！　これまでの行き方は、東京駅から上越新幹線で埼玉、群馬を通過し、新潟の越後湯沢（苗場スキー場があるところ）で特急はくたかに乗り換えるという遠回りコース。距離的には大したことないし、3時間15分という乗車時間もまあ許容範囲だけど、それよりなにより乗り換えによる心理的プレッシャーがキツかった。寝過ごすのが怖くて、おちおち目も閉じられないのだ。

田舎の車社会で育ったせいか、電車の乗り換えというのは、昔もいまもすごく気が重い。大学受験のときに乗り換えアリの東京か、乗り換えナシで行ける大阪かを天秤にかけ、大阪を取ったほど。10年前に上京してからもずっと思っていた。別に早く着かなくていい、乗り換えずに着いてくれればそれで……と。

北陸新幹線が開業し、東京〜富山間は最短2時間8分、東京〜金沢間は2時間28分で行けるようになった。しばらく前からCMがバンバン流され、全国放送の番組でも北陸特集が目につくようになってきた。もちろんみなさんのお目当ては、金沢である。

歴史と武家文化に彩られたステキな城下町、金沢。そこはもはや〝石川県〟ですらない、独立国家のような存在だ。年明けからずっとメディアは、猫も杓子も金沢金沢だった。そして絢爛豪華に輝く金沢の横で、ジト目で魚食ってるのが、われら富山の人々なり。富山県を巨大な壁のように囲む立山連峰や黒部ダム、世界遺産にもなった合掌造り集落など、観光スポットもあるにはあるけど、いかんせん渋好み。若い女性に訴求するキャッチーさが著しく欠けている上、金儲けに対する貪欲さも圧倒的に不足している。石川県のゆるキャラ「ひゃくまんさん」から漂う気合の入ったマーケティング臭とは対照的に、富山の「きときと君」の、寝ぼけたような素朴さを見よ。ちなみに数年前のスポーツイベント時に作ったマスコットキャラの流用だそうです（だから体操着を着ている）。

そんな中、富山を前面に押し出したご当地グッズでありながら、わたしの物欲が本気で滾《たぎ》ったのが、「ます寿司のピアス」（税込3240円）。錫《すず》の特性を活かした柔らかくて手で曲げられる籠シリーズで有名な、高岡市の伝統工芸である鋳物メーカー能作《のうさく》の新商品。一見すると二等辺三角形のシンプルなピアスだけど、よくよく見ると富山の名産品「ます寿司」を切り分けた状態なのである。可愛い可愛い!!!

能作の「富山のお土産シリーズ」は、わっぱに入った状態の「ます寿司のブローチ」や、放水の穴が空いた「黒部ダムのぐい呑」など、非常にぐっとくるラインナップ。金沢旅行でお忙しいところ恐縮ですが、ぜひ途中下車して、富山グッズを見ていってください。

北陸新幹線が開業したころ、誰に頼まれたわけでもないのに、わたしは富山のPRに必死でした。なぜなら1年後には、世間様の話題はすっかり北海道新幹線に移っているだろうと予想していたから。ホットトピックスでいられる期間は短いのです！　なのに2015年末時点で、富山駅前の工事が終わっていないという驚異ののんき気ぶり。さすがだぜ富山……。

本のバカ買い

滅多に行かない六本木を歩いていたところ、時間があったので本屋さんにふらりと入る。六本木で本屋さんといえば、ＡＢＣこと青山ブックセンター！　はじめてこの店に行ったときは、「わたし東京に来たんだなぁ」と感慨深かった。

青山ブックセンター六本木店は、品揃えもヒップな感じで客層も業界人が多めという噂だが、最大の特色はかつて深夜営業し、朝の5時近くまで開いていたことだった。クラブで夜遊びしたあと、酔い覚ましがてらＡＢＣに行き、ル・コルビュジエの本かなんかを買ってタクシーで家に帰り、Ｍａｃでもう一仕事――そんなクリエイターの姿を彷彿とさせる店である（すべて妄想です）。

90年代、雑誌を通して憧れていた幻の〝東京〟に、この書店の存在は不可欠だった。２００４年に破産申立てのニュースが流れ、しかし民事再生法が適用されて約２ヶ月後には営業再開。というわけで、いまもバリバリ健在である。

ＡＢＣで興味の向くまま本を手に取っていったら、かなりの量になってしまった。買いそびれていたベストセラーや新書、平積みでプッシュされてた獅子文六『娘と私』、安西水丸さんが惚れ込んで自ら訳したというカポーティ著『真夏の航海』などの文庫、翻訳ものの単行本、特設コーナーにあった矢内原伊作著『ジャコメッティ』（驚異の税込５８３２円！）という最高級品まで、あれもこれもと止まらない。なんだかんだ10冊近く、総額２万円超も買ってしまった。時々こういうことが起こるのだ。書店と自分がハモるというか、スパークすることが。

１６００円くらいの単行本を前に金を出し渋る自分もいれば、こんなふうにスイッチが入ると、ジャコメッティだろうがピケティだろうがドンと来い！　と、財布の紐がユルユルになる。同じ２万でも、服だとせいぜい１～２着しか手に入らないところ、本ならたくさん買えるし、精神的な満たされ度も高い。本を買うのはお花を買うのと同様、ただ物欲を満たしているんじゃなくて、自分にいいことをしている気持ちになる。

これは本好き限定の感覚かもしれないけど、心ゆくまで本をバカ買いするときの快感は、もはや昇天とかエクスタシーとしか言いようのないレベルだ。アドレナリンだかドーパミンだかがどぱどぱ出てるのがわかる。ただ悲しいかな、それだけの本を一気に買えるようになったってことは、それだけの本を読む時間が全然ないってこと。現代社会に於いて、時間とお金を両方持っている人なんているんだろうか。

全部読み切れるわけじゃないことは、百も承知の上である。買ったもののろくにページもめくっていない本が、本棚の1／3近くを埋めているといっても過言ではない。だけど、本に関しては身銭を切ることが大事なのじゃ……と偉そうなことを言うつもりはなくて、ただ単にわたし、本を「読む」のと同じくらい、本を「買う」のが好きなんだと思う。

次から次に増えていく大量の本。全部本棚に並べたいのはやまやまですが、ここは心を鬼にして、いまは必要ないと感じたものから順に手放し、循環させるようにしています。どうしても手元に残しておきたい本だけが濾されていき、やがては大好きな本オンリーで埋まった究極のマイ本棚になる……はずですが、なかなか本棚の純化作業は進まない。やはり精神と時の部屋（©ドラゴンボール）に入らない限り全部読むのは無理か。

オーガニックじゃないとダメなの！

わたしの記憶では、自分が小学生だった80年代の日本には、シャンプーはメリットとリジョイ、そしてティモテしか存在していなかった。中学にあがった93年、ヴィダルサスーンという名の黒船が来襲し、そこからはもうたがが外れたようにいろんな商品がドラッグストアに溢れた。そしてありとあらゆるシャンプーに手を出した。ティセラ、ラビナス、マシェリ、モッズ・ヘア、サラ、ハーバルエッセンスに明け暮れた90年代。２０００年あたりからはラックスとパンテーンが自分の中で二強という感じ。

資生堂ツバキのＣＭにざわついた２００６年。追い上げる花王アジエンス、クラシエいち髪。そして意外な角度から攻め込んで来たセグレタ。ノンシリコンシャンプー大流行の波に乗って現れたレヴールが、巷を席巻したのがほんの数年前の話。ところが2015年現在、わたしはそのいずれも使っていない。そもそも最近、ドラッグストアでシャンプーを買わない。じゃあどこで買っているのかというと、コスメキッチンである。

コスメキッチンは、オーガニックコスメ（農薬などの化学合成成分を使用せずに栽培された有機素材で作られた化粧品）を扱うセレクトショップ。2012年春、オープンしたばかりの渋谷ヒカリエに出店しているコスメキッチンを覗いたとき、並んでいる商品の値段が一様に高いのに衝撃を受けた。外国製の高いシャンプーを普通に買って行く女性客に瞠目《どうもく》しつつ、「頭おかしいんじゃないか」とすら思った。作家デビューする前の、とくになにもしていない若者だったころの話である。

あれから3年、わたしは変わった。一日の大半をパソコンに向かって仕事する、働く女性になったのだ。そして自然と足がコスメキッチンに向くようになり、ラ・カスタ、ネイチャーズゲート等のシャンプー&コンディショナーを求めるようになった。天然由来の香りと肌に優しい使用感が、疲れた体にジャストフィット。値段はいずれも2000円前後、はっきり言って高い。

だけど飲み代に換算すればあっという間に消える額だ。ならば圧倒的にオーガニックコスメに軍配が上がる。シャンプーだけじゃなく、入浴剤やボディケア製品にも手が伸びる。花と本に次ぐ、買うと気分のいいものである。

なぜ急にオーガニックに凝るようになったかというと、これはおそらく、原始的にできているわたしのヤワな体が、男性仕様のタフな社会に適応して働くうちに、自然を欲するようになったんじゃないかと分析している。たとえるなら、シベリアンハスキーや土佐犬向けのフィールドに放たれたチワワみたいな感じ？　「？」もなにも、体力のなさにおいてわたしは断言できる。われはチワワなり！

ただ、オーガニックの効能はなんだと聞かれると非常に困る。ストレス発散というか、気分的なもんです。

オーガニック同様、仕事が忙しくなってから急激に凝るようになったものに、マッサージがあります。なにしろパソコンに向かいっぱなしなので、あるポイントを超えると背中がバッキバキに……。そんなときは行きつけのマッサージサロンに飛び込んで、小1時間揉みほぐしてもらい、どうにか人心地つくという具合。近所のサロンで運命のマッサージ師と出会えたので、どうにか生きてます。

映画の見方

締め切りに追われる日がつづき、なかなか映画館に行けない。最後に映画館で観たのは『ゴーン・ガール』で、2014年12月のこと。その2ヶ月前にはクリント・イーストウッド監督作『ジャージー・ボーイズ』を観ているが、2015年2月に封切られた彼の新作『アメリカン・スナイパー』は未見。自分が映画館に行く頻度が、イーストウッド（84歳 ※当時）が新作を撮る速度に全然追いつかないとは……。

デビュー作『ここは退屈迎えに来て』のプロフィールに、わざわざ「バブル崩壊後の地方都市で、外国映画をレンタルしつづける十代を送る」と自己紹介したくらい映画が好きだ。中学生のころから映画雑誌を愛読し、レンタルビデオ屋に通い、親に懇願してWOWOWに加入してもらって映画鑑賞に明け暮れた。映画が好きだからという理由で芸大の映像学科に進んだ。東京に来てからは名画座に通い詰めて黄金期の日本映画を観まくった。あーあ、楽しかったなぁ～（遠い目）。

女性誌で映画レビューを担当しているので、マスコミ向けの試写会に行くことはあるものの、なんか違うのだ。最初のうちは、新作映画をお客さんより一足先に、しかもタダ（！）で観られるなんてと舞い上がったが、違う。映画がどんなに面白くても、別に楽しくはないのだ。やっぱりお金を払って「客」という立場で映画館に行く方が断然いい。試写会にもほとんど行けていないのが現状である。時間を工面できないのと、「タダ」という気の緩みのせいだと思う。

タダというのは曲者だ。ＨＤＤレコーダーにしこたま録画した１００本以上の映画を、わたしは一体いつ観る気なんだろう（ケーブルテレビは有料だが、自動引き落としだから感覚的にタダ）。ネット宅配のＤＶＤレンタルにも手を出したことがあるけど、延滞金無料という優しさがアダとなって、全然観なかった。

いま、わたしがもっとも映画を観られるのは、ビデオ・オン・デマンド

（ＶＯＤ）だ。ネット回線を使ったレンタルビデオのようなもので、映画や海外ドラマをストリーミングで視聴できるサービスのこと。月額ウン百円で見放題とかもあるが、１本あたり４００～５００円きっちり課金されて、視聴可能期間が48時間とかのタイトなやつがいい。このくらいの痛手？　スリル？　がないと、家で映画なんて観られない。

先日はＶＯＤで、『ステイ・コネクテッド～つながりたい僕らの世界』という映画を観た。これは劇場未公開のいわゆるＤＶＤスルー作だが、ＤＶＤになってるだけまし。『ダムゼル・イン・ディストレス　バイオレットの青春セラピー』なるアメリカ映画は未ソフト化、なんと「配信スルー」という形態だ。ｉＴｕｎｅｓでレンタルし、アップルＴＶで観た。

ネットの普及でますます複雑化する映画の見方。個人的には、お金を払って映画館で鑑賞するのが、唯一無二のベストな方法だと思います！

わたしがアマゾンのプライム会員であることを知った夫が、動画配信サービス「Amazonプライム・ビデオ」を観られるようにしてくれました。さらに噂のNetflixにも加入。まったくもってよくわかってないですが、映画やドラマのタイトルをチェックしてウォッチリストに入れるだけで日が暮れそうな新たな沼の出現に、静かに戦慄しています。やはり映画は映画館でお金を払って……。

ジーパンの更新

1ヶ月後に引っ越しを控え、家の中の不要品処分が急務である。クローゼットの点検からはじめているけど、手持ちの服をまったく使いこなせていないのには、われながら本当に驚かされる。ワードローブのうち普段着ている服は、全体の10％くらいなんじゃないか……？　人間の脳の使われてなさと、ほぼ同じレベルだ。

そんな中、「着ている服」の筆頭格といえば、なにをおいてもジーパンである（デニムやジーンズなど呼び方はいろいろあるが、ここはジーパンでいきたい）。ジーパンは本当に便利。大抵のトップスに合うし、多少の汚れも目立たずシワにもならない。普通は着れば着るほどへたっていくけど、ジーパンだけは例外で、経年変化がちゃんと「味」になる。お手入れ不要の、まさに夢の衣類。しかしその利便性に甘えていると、ある日突然いつものジーパンが、明らかに精彩を欠く日がやって来るのだ。

ジーパンを穿いて鏡の前に立ち、あれ？　と思ったときにはもう手遅れ。ジーパンの生地は丈夫すぎて、服としての寿命は恐ろしく長い。ゆえにその前段階で、シルエットの方に難が出てくるのだ。そう、ジーパンにも、ちゃんと流行は、ある！

70年代はベルボトム、80年代はケミカルウォッシュ、90年代はレーヨン混紡のソフトデニムやブーツカット、２０００年代以降はローライズやスキニーと、大きなくくりでの流行はさておき、敵は2〜3年で訪れる細かいトレンドの方。今回クローゼットを見直したところ、数年前に買ったサルエルパンツ（ＭＣハマーが穿いてたアレ）っぽいシルエットのジーパンが、だいぶ怪しい感じになっていた。未来永劫穿けそうな気がしていた愛用のジーパンが流行遅れになっていたときのショックは大きい。しかしジーパンはワードローブの大黒柱。適度なタイミングでアップデートしておかないと、あとで困ることになるから仕方ない。買い換えだ！

ところで、ジーパンを「買う」のは、非常に骨が折れる。店に入ると棚一面に畳まれたジーパンがずらり……そもそも視覚的に楽しくない。「キャーこのジーパン可愛い！」ということも、基本的に起こりえない。地味な買い物だ。サイズ選びが肝だから、試着の回数も多くなるので、ジーパンを買うときは体力と時間の余裕が必須である。

先日ジーパン売り場に行き、Ｌｅｅのボーイフレンドデニム（１万４０００円＋税）を買った。ボーイフレンドデニムは読んで字の如く、彼氏のジーパンを穿いているような、ぶかっとした形のもの。ストレートやスキニーは持っている人に、「セカンドＧ」としておすすめだ。

買ったばかりのジーパンはどこかよそよそしいけど、すぐに体に馴染んでいい感じになるはず。そして完璧にフィットして蜜月を送るのもつかの間、またシルエットに難が出るんだろうな。

流行の波が小刻みすぎて、デニム地の強度をまるで活かせてないが、それがファッションというもの……なんだと思う。

ジーパンに限らず、ボトムスの買い物はとても難しい。慎重に試着して買ったものの、一度も穿かなかったなんて失敗例がたくさんあります。反対に、穿き心地のいいボトムスは、お尻が擦り切れても捨てられない。そしてここだけの話、この回で購入したLeeのボーイフレンドデニムも、実はあんまり……いや全然……穿いてません。なんでだろう。試着のときはあんなにいいと思ったのに。確信があったのに。なぜだ!?

自分だけの部屋

4年ぶり6回目の引っ越しまで、1ヶ月を切ってしまった。入籍して半年も経つし順番がめちゃくちゃだが、いま住んでいるところはあくまで同棲時代の住処で、一応次のマンションが結婚してからの新居ということになる。心機一転、エリアと沿線を思い切って変えたので、引っ越しが本当に待ち遠しい。なにしろ念願だった、わたし専用の仕事部屋もあるのだ。

「女性が小説なり詩なりを書こうとするなら、年に500ポンドの収入とドアに鍵のかかる部屋を持つ必要がある」とはヴァージニア・ウルフの弁だが、これまでは鍵どころか、仕事部屋も夫と共用だしドアも開けっ放しだった。夫が会社に行っている間に仕事が終わればいいのだけど、そういうわけにもいかず、帰宅後にテレビタイムに入られると集中なんてできなくて、彼が寝静まった深夜から仕事を再開することもざら。いま書いていて気がついた。地獄だ。やっぱり自分だけの部屋は必要。そんで夫は絶対立ち入り禁止!

ところで、引っ越しに向けてちょこまか不要品を処分しているこのタイミングで、新たに家具を増やしてしまった。買ったのは、フランスのインテリアブランド「コントワール・ドゥ・ファミーユ」のスタンドライト(税込7万円超)。値段は当然のこと、「それを買うのはいまじゃないでしょ」と、夫には思い切り呆れられた。

「コントワール・ドゥ・ファミーユ」は、いわゆるフレンチカントリーのお店。全体的にフェミニンで、食器類やファブリックにはくまなく花柄があしらわれ、思わず「これってアンティークかしら?」と訊きたくなるような懐かしい雰囲気だが、ブランドが誕生したのは1992年。部屋を丸ごとこのブランドで固めたくなるほどどの商品も可愛いけど、待て待てと己にブレーキをかける。仕事部屋のインテリアをどうするか、まったく決められていないのだ。

わりと最近知ったのだけど、インテリアはファッション以上に統一感が重要で、テイストをそろえることがオシャレへの近道らしい。気に入ったものをその都度買って、気づいたら北欧風のソファとエスニック調のテーブルと姫スタイルのドレッサーが混在しちゃいました、なんてことにならないためには、先にテイストを決めるのが得策らしいのだ。

で、これが難しい。民芸調も渋くていいな〜と思う一方、最近流行りのシャビーシックも素敵だし、古いものが好きなのでブロカントも気になるし、大阪のブランドTRUCKの家具なんかもカッコいいと思う。その中からどれか一つのテイストに絞るなんてできない。言うまでもなく、「好きなものを集めていたら、唯一無二の自分だけのテイストが生まれました」みたいなことになるほど高度なセンスもない。そしてすでに7万円投資しながらも、フレンチカントリー一択だけは、自分でもナシだと思う。

あれ？　ってことはこの買い物、また勇み足か……。

仕事部屋のインテリア、どうにか落ち着いてきました。カーペットを敷いたので床でごろごろ転げ回ることも可能。本気で〆切に追われているときは、この部屋の床に寝そべって仮眠します（ベッドで寝ると起きられないので）。さらに追い詰められると、試験前の学生のように、深夜に模様替えをはじめる……。いつも同じだとすぐ飽きてくるので、頻繁にちょこちょこいじって、雰囲気を変えるようにしてます。

ネイルしない派

新刊の発売にあわせてプロモーション活動に励む日々。雑誌の取材を受けたりラジオに出演したりして、少しでも名前と「新刊出ました！」という情報を知ってもらおうと、せっせとアピールしている。

先日は丸一日かけて都内の本屋さんを回り、書店員の方にあいさつしてサイン本を作らせてもらった。売り上げを大きく左右する陳列は、書店員さんのプッシュ具合にかかっているため、わたしのお辞儀の角度も深い。サイン本はプレミア感がメリットだけど、お店側の買い取りになるため、好き勝手に何冊もサインするわけにはいかない。サインはあくまで「させていただく」ものなのだ。週末は地元富山にある明文堂書店でサイン会があった。実はここ、わたしがデビュー直後に生まれてはじめてサイン会を開いてもらった場所。いまでこそ人前に出るのにも慣れたけど、最初は緊張で吐きそうになった。精神的にはもちろんのこと、それ以上に大変だったのが、外見の取り繕いである。

作家は普通、服もヘアメイクも自前。首から上はいつもよりちょっと丁寧にするくらいしかできないけど、服や靴はそこそこ見栄えのするきちんとしたものを用意しなくては。当時はそんな服一着も持っていなかったので、慌ててデパートに走った。そしてなんとか着るものを調達したあとで、自分の手を見て愕然。爪のこと忘れてた！

爪の手入れというと「切る」オンリー、せいぜい自宅で気まぐれにマニキュアを塗るのが関の山だった（そして大抵は乾く前にぐちゃっとなってキレながら除光液で落とす）。でも、サインするとき手元に目が行くし、いまどきネイルくらいしておかないと格好がつかないと思って、またまた慌ててネイルサロンに飛び込んだのだった。

いま主流の「ジェルネイル」は、自爪に塗り重ねたジェルを専用のＵＶライトで何度も固めるため、仕上がりは美しく、そして異様なまでに強度がある。値段は単色のベタ塗りで約７０００円、ラメやストーンなどを盛る場合は、さらにその倍くらいが相場。しかしなにしろ爪なので、寿命は短く2週間ほどで根本が伸びてきてしまう。そしたらどうするのか。基本的にはサロンで、専用の溶液を使って落としてもらうものなんだとか。その説明を受け、あまりの面倒くささに白目をむいた。いくらなんでも手間かかりすぎ！　たしかに自分の爪が惚れ惚れするくらいきれいなのは、めちゃくちゃ気分がいいけど、それにしても……。

作家として3年間を過ごすうちに、ネイルしておかないと格好つかない、なんて気持ちもなくなった。いまはマニキュアもせず、お手入れは自爪を磨く程度。清潔第一の深爪派、コストはもちろんゼロで、最高に快適だ。先日のサイン会ももちろんノーネイルで行った。今後も胸を張って、「ネイルしない派」として生きていく所存です。

　ネイルしないと宣言してから、本当に楽！　もちろんネイルは可愛い。ときどき、季節感のある色をきれいに塗っている人と出くわし、いいなぁ～素敵だなぁ～とうらやましくなったりもするのですが、ネイルが剥げ剥げの人を見ると猛烈な親近感を抱いて、「わたしもこうなるクチ」と思い直し、再び「ネイルしない派」としての決意を固くするのでした。

モードオフで服を売ること

4月は気温が不安定だから、着るものには充分用心しなくてはいけない。ぽかぽか陽気に浮かれて昼間薄着で出かけると、帰りにえらい目に遭う。それがわかっていながら、決して「正解」の服装ができない恐ろしい季節、春！　今年は気候が凄まじく不安定で肌寒かったけれど、さすがにそろそろいいかなぁと、ニット類の洗濯をはじめた。

ニットは洗濯機のドライ／手洗いコースで回し、部屋干ししている。物干し台（魚焼きグリルの網みたいなやつ）に広げて平干しして乾かすため、一度に一着しか洗えないのが難点だ。普段の洗濯の合間にニットを洗って平干しして……ということを10回近く繰り返すうち、猛烈に生活に疲れてきた。残り4着を前に、すっかりやる気を失う。

そもそものん気にニット洗ってる場合じゃなかった。引っ越しにともないクローゼットを整理したところ、またしても着ていない服が大量に発掘されたのだ。いつも通りモードオフ（古着買取チェーン）で一気に売るか〜と、服や靴を紙袋に入れていたところ、夫が「待ってくれ。それを俺に、メルカリで売らせてくれないか⁉」と言い出した。

フリマアプリ「メルカリ」は、スマホから簡単に出品できるウェブ上のフリーマーケットサービス。商品説明を書いたり、梱包発送する手間はかかるものの、自宅にある不要品に自分で値段を付けて売れるので便利らしい。

「メルカリだろうがヤフオクだろうが、ものを売るのは手間がかかって大変だよ。そんなのでちまちま売るより、モードオフで一気に買い取ってもらった方がいい！」と主張するわたし。一方、「そんなの買い叩かれるのがオチ。頼む、メルカリで売らせて！」と譲らない夫。結局、1ヶ月以内にメルカリに出品するなら好きに売っていいけど、期限を過ぎたら強制的にモードオフに持っていく、ということで決着がついた。

で、案の定、夫はメルカリに、出品しませんでした！　面倒くさがり屋の夫は、どう考えてもメルカリに向いていない。むしろメルカリに出品する暇があるなら、ほかにやってほしいことがいろいろある（換気扇の掃除とか）。

そんなわけで紙袋を抱えてモードオフに行き、夫婦あわせて50点近くの服や靴を売って、あがりは2万円ちょっととなった。500円以上の値段のついた服は、なにがいくらになったのか、ちゃんと明細を残してくれる。UGGのムートンブーツは1300円、リーバイスのデニムは800円等の値段を見て、なるほどねぇと思う。

モードオフは値段のつかない服も引き取ってくれるのがいい。しかし数ヶ月前に買って一度しか着ていない服に評価額0円をつけられると、さすがに一言言わずにはいられない。「なんでこれが0円なんですか？」そう問うと、バイトのにいちゃんは「デザインがちょっと……」と言葉を濁した。わたしに言わせれば、バイトのにいちゃんにセンスを否定されるところまでが、モードオフで服を売ること、なのである。

個人店をなぎ倒す大資本チェーン店に対してはさんざん渋いスタンスを取りながら、モードオフには頻繁にお世話になっています。最初のうちはモードオフは最後の砦と思っていたのですが、ブランドものしか買い取ってくれない古着屋がけっこうあって、ノーブランドの服を突っ返されてしまい、モードオフに流れ着いたのでした。デザインがちょっと……なものでも引き取ってくれるモードオフは、ありがたい存在なのです。

「ご自由にお持ちください」

今回はじめて、引っ越しの梱包作業をプロにお任せすることにした。見積もり時に聞いたところ、梱包代金は別途2万円という。えっ、ちょっと待って、梱包ってたった2万でやってくれたの⁉　それ早く教えてよ！

引っ越しが好きで、だいたい2〜4年スパンで関西&関東を転々としてきた。最初の大きな引っ越しは、大阪の僻地にある大学を卒業後、京都市内に転居したとき。不動産屋に薦められるがまま提携の引っ越し業者に依頼し、もちろん梱包は自力。段ボールやガムテープといった資材が途中で尽きて途方に暮れ、しかも日常生活と並行して日用品の梱包を進めるのがどうしてもできず、中途半端な状態で引っ越し当日の朝を迎えた。そして早朝、トラックでやって来たガテン系の作業員さんに、「ちょっとお客さん〜」と軽く叱られてしまった。引っ越し初心者すぎて、梱包がまったくといっていいほど終わってなかったのだ。

この反省を経てわたしは変わった。あれから幾度となくさまざまな引っ越し会社にお世話になり、梱包も自分でやってきたが、回を重ねるごとにそのスキルは洗練されていった。段ボールの底はもちろんガムテープで十字だ。引っ越し作業中の対応も慣れたもので、「これはすぐに使いますか？」などの質問が入るたび、軍隊よろしくきびきび答える。個人的な生活空間を知らない人に解体されることの心理的抵抗ももはやない。この腹の据わり具合！　むしろ自分はチームの一員なのだという心づもり！　わたしはいつしか、引っ越しのプロに成長していた。

そんなプロも今回は梱包をお願いすることにして、不要品の処分くらいしかやることがない。使わずにしまい込んでいた食器、とうの昔に植木を枯らしたプランターなど、もはや愛着を持てなくなったガラクタたちは、できれば新居に持って行きたくない。本や服ならまだしも、この手の細々した雑貨を売りさばくのは難しい。フリマやヤフオクを駆使して、不要品をきちんと小銭に替える人をマメだなぁと尊敬しつつ、そんな芸当はできそうもない。だけどまだ充分に使えるものや、傷の入っていないものをゴミとして捨てるのはイヤだ。そこで久々に「アレをやるか」と、油性マジックを取り出した。

晴れた週末、売るに売れない微妙な不要品を段ボールに並べ、「ご自由にお持ちください」とマジックで書き、通りに面した場所にそっと置いておく。すると日暮れごろには、8割方なくなっている。近所に住む人が、好きなのを持って行ってくれるのだ。最初にこの手を思いつき、実行してうまく物がはけたときは、よそ者の自分が街に受け入れてもらえたような気がして、なんだか感動したものだ。

震災後ここへ越してきたときは、まだ作家を夢見るニートだった。あれから4年弱、デビューを果たし結婚もして、ついにこの街を去る日が来た。ありがとう荻窪。またそのうち、戻って来ます。

そう、わたしは２０１１年８月から２０１５年５月まで、杉並区の荻窪に住んでいたのでした。それまでは吉祥寺で一人暮らしでしたが、震災後にセーフティーネットとして彼氏と一緒に住むことになり荻窪へ。どうにか入籍して仲良くやってます。荻窪の行きつけの店（ラーメン十八番、カレーのすぱいす、パン屋さんＨｏｎｅｙ、ワインバーピグローネ、そしてアステラス器物家《とうぐや》さん）が恋しい今日このごろです。

ルンバかドラム式か…

ルンバという名のロボット掃除機の上に、おすまし顔の猫ちゃんが乗り、ウィーンと床を徘徊する動画をはじめて見たときは、衝撃を受けた。シュールで間抜けで最高に可愛い「ルンバ猫」。ルンバは床を勝手に移動してほこりを吸ってくれる優れものだ。家電〝三種の神器〟は時代によって移り変わるけど、いまならルンバ・食洗機・ドラム式洗濯機ってところか。

先日引っ越した部屋の、フローリングがヤバい。これまでは部屋の大部分をカーペットが占めていたので、掃除をサボってもあまりほこりは目立たなかったけど、フローリングは無情だ。3日掃除しないとアウト。見事な綿ぼこりが転がって、慌ててクイックルワイパーをかける。どれどれ収穫は？　とワイパーの裏を見ると、地獄の汚れがそこに。これはもう、ルンバを導入するしかない。

引っ越し前は余計なものを買わないようにと節制していたけれど、引っ越してみると新たに必要となるものがザクザク出てきた。ルンバ以上の生活必需品である洗濯機が、そろそろ10年クラスの代物なので、目下買い替えを検討中。次に買うなら絶対ドラム式洗濯機がいいなと思っていた。ドラム式ユーザーに聞いたところ、乾燥機能がいいからシワにもならないと言うし、電気代もそれほどでもないとか。汚れ物を洗濯機にポンと入れて、フタを開けたらふかふかに乾いているなんて夢のようだ。干す手間もなく、天気に振り回されることもない。やはりルンバより先にこっちか？

しかし、家電量販店に行って売り場を見てすぐに、「これは無理かも」と挫折した。ドラム式洗濯機、とにかくデカいのだ。売り場で見てあのデカさ、部屋の中では1・5倍くらいの圧迫感になりそう。というかそもそも、洗濯機置き場に入らないかも。実際、電器屋さんが事前に搬入可能かチェックしに来てくれるサービスもあるそうだ。販売員も、「家なら入るけど、マンションだと入らないことはたびたび……」と苦笑い。引っ越し先はもちろんマンション、それもわりと旧式の賃貸なので、ドラム式を買うのはかなりの賭けになりそうだ。

そこへ新たな議題が。新居のキッチン、冷蔵庫を置くスペースがしっかり区切られているのだけど、その奥行きが絶妙に薄く、自前の冷蔵庫を入れると前がハミ出て、備え付けの食洗機のドアが開かなくなってしまうのだ。うちの冷蔵庫、2年前に買ったばかりだったので非常に悔やまれるが、それは知人に譲ることにして、薄型の冷蔵庫を仕方なく買った。数多ある冷蔵庫のなかで、わが家の冷蔵庫スペースに収まるのは日立の真空チルドシリーズのみだったため、問答無用でそれに決定。約20万の臨時出費に……。というわけで、ルンバやドラム式で家事の軽減化をはかろうという目論見は、いまのところ棚上げ状態である。

わたしたちが冷蔵庫を譲った知人とは誰か。それがわたしたちもよく知らなくて……。同じアパートに住む謎のミュージシャンに「冷蔵庫いらなくなっちゃったんですけど、誰かいる人いますかね」とたずねて紹介してもらったのでした。引き渡しの日、その人は借り物の軽トラに乗って現れた。ちょうどテレビでパッキャオVSメイウェザー世紀の一戦が中継されていたので、みんなで観戦しました。

温素 and more!

「女性は7の倍数、男性は8の倍数の年齢の時に、体調に変わり目が訪れる」という東洋医学の教えを、養命酒のCMで知った。28歳のとき、「今年じゃん！」と怯えたものの、なにごともなく通過。あっという間に7年経ってわたしは今年35歳、ジャスト7の倍数である。

もともと冷え症ではあるけれど、最近冷えのレベルが一段階上がった気がする。これはなんとかしなければ……と思いつつ、ずぼらな自分にできることといえば、「ゆっくり風呂に浸かる」くらいだ。さら湯はピリピリして苦手なので、入浴剤が必須。世の中に入浴剤は星の数ほどあるけれど、最近リピートしまくっているのが、アース製薬の〈温素 琥珀の湯〉である（600g入り約15回分で約1000円）。

何年か前、こけしで有名な鳴子温泉に行ったとき、美容液並みにとろみのある湯質にビックリしたことがある。肌触りがものすごく柔らかくて、ヌルヌルしているのだ。当然美肌効果があり、いわゆる「美人の湯」と呼ばれる泉質がこれらしい。成分でいうとアルカリ性。あまり温泉には詳しくないけれど、「美人の湯」のとろみ感は、明らかに家で入る風呂とは違うとわかる。逆に、温泉に行ったのにとろみのない湯質だと、なんか物足りない。

〈温素〉はその「美人の湯」のヌルヌル感を再現したすごい入浴剤だ。入浴剤の効能（疲労回復や冷え症）なんて、実際のところどのくらい効いているかわからないものだし、宣伝文句も「あったまる」といった抽象的な方向に行きがちだけど、〈温素〉はずばり「極上の湯ざわりを追求した」と明言。湯ざわり以外目もくれず、とにかく「美人の湯」のあのヌルヌル感を目指しましたという姿勢が素敵だ。

〈温素　白華の湯〉という白いにごり湯バージョンもあるけれど、よりヌルッとしている〈琥珀の湯〉の方が断然好み。ただしお湯がまっ茶色に染まるので、最初はぎょっとした。あと、パッケージから漂うおじいちゃん感もなかなか凄まじい（それが茶色という色の宿命であろう）。ちなみに〈温素〉が普通にドラッグストアの棚に並んでいるのをまだ見たことがなく、いつもネットで購入している。クナイプのバスソルトに占領されている棚の一列でもいいから、〈温素〉に分けてあげてほしい。

〈温素〉をたっぷり入れた湯船に浸かったあとは、アルインコの首マッサージャー〈もみたいむリピ〉（約6000円）で肩や背中をゴリゴリ揉みほぐしながら、膝から下にはパナソニックのエアーマッサージャー〈レッグリフレ〉（約2万円）を装着して、NHKで海外ドラマ『ダウントン・アビー』を見るのが至福のときである。ついでに顔には保湿シートマスクを貼っている。あと、いよいよ養命酒も飲みはじめた。牛乳で割るとカルアミルクみたいで飲みやすいです！

荻窪時代よく行ったドラッグストアは、クナイプばかりで〈温素〉は全然売ってなかったのですが、引っ越した下町エリアのドラッグストアは、入浴剤コーナーがなんと〈温素〉だらけ！　ありとあらゆるシリーズ商品が揃っていてのけぞりました。言うまでもなく地域の年齢層を反映しての展開だと思われます。〈温素〉のパッケージのあのおじいちゃん感、ターゲットを絞ってわざとやっていたんだと、このとき気づいた。

馬来草スリッパ

家にいるのが好きだ。作家になりたいと思ったのも、家でできる仕事なのが大きい。ついに仕事部屋をゲットしたのと、日差しがきつくなってきたのとで、この1ヶ月ますます家に引きこもった生活である。家にいるときは必ずスリッパを履くけれど、そのスリッパが異常にムレるようになったのが、5月の連休直後のことだった。

外気ではなく足のムレ具合によって時候の変化を感じ取るのも、家にいるからこそだなぁ〜、とのん気に構えていたものの、ムレたスリッパはシャレにならないくらい不快だ。そろそろアレを買いに行くか。

アレとは、雑貨屋で売っている「麦わらスリッパ」のこと。太いゲージでざっくり編まれた素朴な品で、装飾なしでだいたい600円くらい。造花やリボン、リバティプリントなどで女子っぽくアレンジされると、その倍くらいのお値段となる。はじめて麦わらスリッパを見たときは、そのシンプルさに感激した。なにしろそれまで夏といえば、問答無用でキティちゃんの健康スリッパ（イボイボのついたやつ）を買っていたので。

そういえばキティちゃんの健康スリッパを、ヤンキー系の女子が屋外で履く現象がずっと謎だったが、いま検索すると「健康スリッパ」ではなく、「ハローキティ　健康サンダル」という商品名でヒットした。なんと！　本来サンダルとして売られていたものを、わたしが勝手にスリッパだと勘違いしていただけだったのか⁉　と驚くも、説明文には「こちらの商品は室内履きを前提として作られています」との注意書きが。クロックス代わりにキティを履くというギャル文化によって、なんかいろいろねじれてる様子が窺えた。それはさておき……。

ここ数年愛用してきた麦わらスリッパだが、耐久性にかなり問題がある。履き慣れて足に馴染むころには、踵のあたりから崩壊がはじまっており、床に裂けたワラが点々と落ちだす。これまでひと夏もったためしがなかった（なぜならずっと家にいてスリッパを酷使するから）。できればもうちょっと強度のある天然素材のスリッパが欲しいと探して、馬来草《まらいそう》のスリッパを見つけた。山形県河北町で作られたもので、Mサイズ2500円・Lサイズ2800円（＋税）。

馬来草はマレーシア原産の水草のことで、昔から草履などに用いられてきたという。見るからに涼しげで、事実とてもさらっとして快適だ。丈夫だけど、底がフェルトなので当たりが柔らかくて疲れない。ただ、見た目はちょっとじじ臭い。

同じく馬来草を使った今風なデザインのスリッパが、無印良品で1500円だったので悩んだが、山形産の「かほくスリッパ」を選んだ。理由は、ネットの商品名の上に光っていたキャッチコピー「明治の文豪も愛した！」の文字。そりゃ明治時代には無印良品がなかったからだろう、あれば漱石も無印で買ってたんだろうと思いつつ、吾輩は「買い物かごに入れる」のボタンをクリックしたのであった。

夏は馬来草スリッパに限る……そして冬は、ムートンのルームシューズに限る！　天然素材をうまく取り入れると、季節の快適度がぐっと上がります。値が張ってもいいものを選ぼうと思うようになったのは、天然素材がいかに優れているかを実感したというのが大きいです。たとえば159ページのカシミア100％のニットは、キャミソール1枚で着ても充分あたたかい。素材の良し悪しは、必ず値段に比例するみたいです。

風が吹けば桶屋が儲かる

２０１３年に劇場公開されたドキュメンタリー『キューティー＆ボクサー』をようやく観た。日本ではじめてモヒカン刈りにした男として知られる芸術家、篠原有司男《うしお》とその妻乃り子の、ニューヨークでの日常を追った映画である。

篠原有司男（通称ギュウチャン）は、絵の具をつけたボクシンググローブをはめ、キャンバスをパンチして描く「ボクシング・ペインティング」で知られる。日本の現代美術史を語る上で欠かせない存在だが、彼が１９６９年に渡米しいまもニューヨークで創作活動をつづけていることはちっとも知らなかった。アメリカでアーティストとして食べていくのは大変で、家賃も滞納しがちと生活は逼迫、お金に困ると作品を売りに日本に出稼ぎに行く様子まで映画に収められていた。ちなみに映画公開時81歳。共に活動した赤瀬川原平も荒川修作も鬼籍に入るなか、ギュウチャンは元気いっぱいだ。体は老人だが顔つきはやんちゃ坊主そのもの。しかしその横で、もっと異様な年の取り方をしている女性がいた。妻、乃り子だ。

少女のようなおさげを結った乃り子の髪は、白と銀がまざり、艶やかでとても美しい。可憐な顔立ちも相まって年齢不詳。少女であり老女でもある、不思議な存在感に惹きつけられる。見た目だけではなく、彼女の人生や内面もまた魅力的だ。19歳で海外留学した半年後、ギュウチャンと出会いすぐに妊娠。以降40年、破天荒な夫を支える〝シェフ兼秘書兼メイド〟として生きてきた。自身もアーティストなのに、家事と子育てと夫の世話に追われて、自分の創作時間はほとんどない。葛藤と我慢の果てに彼女が生み出した代表作が、『キューティー&ブリー』という連作。夫をモデルにした暴君キャラに「ブリー(いじめっ子)」と名付けるなど、積年のルサンチマンを作品にぶつけて晴らしているところが最高だ。

乃り子にしろ、画家バルテュスの妻としてヨーロッパで和装の暮らしをつづけてきた節子夫人にしろ、海外で芸術に触れながら暮らしていると、女性は独自の自由な年の取り方をするようだ。おばさんかくあるべしといった常識から遠く離れ、彼女たちはのびのびと浮世離れしていく。

　ギュウチャンよりもっぱら乃り子に夢中になって映画を観ていたが、なかでも朝の身支度をするシーンが良かった。真剣な面持ちで髪を梳《と》かし、ギュッと固くおさげを結う乃り子。寝起きのボサボサ髪が、丁寧なブラッシングでつやつやロングに変貌する様を見て、わたしは決めた。ずっと迷っていたメイソンピアソンの猪毛１００％高級ヘアブラシ（イギリス製、約2万円）、買います！　いまから30年ブラッシングをがんばって、ゆくゆくは乃り子のようなつやつやの白髪レディになりたい。この買い物はその夢への第一歩なのだ。

　ドキュメンタリー映画を観て2万のブラシが売れる。なるほど、「風が吹けば桶屋が儲かる」って、こういうことか……。

　ギュウチャンが日本へ行っている間、鬼の居ぬ間に洗濯とばかり、ダンスを習ったり一人ハイラインを散歩したりする乃り子の単独シーンが大好きです。「有司男がいなくなっちゃうと急にね、家の中が空気まできれいになっちゃうんです」と言う乃り子。なのに愛のある夫婦なんだから、男と女って不思議。ギュウチャンという巨大な存在から解き放たれた、乃り子のおひとり様ライフを淡々と追った続編が観たい。

レインファブスの長靴

毎年この時期になると、レインブーツを買おうかどうしようかで悩む。通勤しているわけではないので、レインブーツがなくて困るのは1年のうちせいぜい数日だ。ただし外出の予定とどしゃ降りが重なったその数日は、本当に困る。梅雨入りから梅雨明けまで約1ヶ月に及ぶわけだし、もちろんあった方がいい。でもなぁ、嵩張るし、なければないでどうにか生きてこれたし……と思いつつ、パソコンに向かって仕事していたはずがいつの間にか、長靴を探してネットをうろついていたりする。

そもそも最初にレインブーツが欲しいと思ったのは、2000年代中頃まで遡る。ちょうどセレブのパパラッチ写真が「おしゃれスナップ」として出回り、セレブ愛用のアイテムが流行るようになった時期。UGGのムートンブーツやミネトンカのフリンジブーツには飛びついたけれど、どうしても手を出せなかったのが、ハンターのレインブーツだった。英国王室御用達の老舗ブランドで、膝下丈の黒いラバーに、赤枠で囲まれたロゴと、無骨なベルトのディテールが乗馬ブーツっぽくてカッコいい。欲しい！ けど、やはりこれはケイト・モスが野外フェスで履いてこそのものだろうと、さすがに気後れした。ここまでしっかりしたレインブーツだと、電車に乗ったときムレまくりそうだし。行きはどしゃ降りでも帰りは晴れていることも多いし。ハンター以外にもレインブーツの有名ブランドはあるものの、やはりどこも決定打に欠ける。長靴に向かってこんなこと言うのもアレだけど、あんなに長くなくていいのだ。

ある日、パソコンに向かって原稿を書きながら、ふと閃いた。これまでは「レインブーツ」でしか検索しなかったけれど、そこに「サイドゴア（両脇がゴム布のショートブーツ）」というキーワードを足してみたらどうか!? そんな思いつきで検索ワードを変えてみたところ、いいものがすぐに見つかった。

「レインファブス」という日本のメーカーが出しているサイドゴアレイン

ブーツ「リゲンダブル」(税込9180円)。素材はポリ塩化ビニールなのに、いかにもゴムという感じはなくて、革靴みたいに見える。レインブーツの定義を真っ向から否定するようで恐縮ですが、これなら普通にサイドゴアブーツとして履けそうだ。

梅雨入りし、小雨が降っていた日にさっそくこれを履いて買い物に出かけた。お店をうろつき、試着のときに靴を脱いでいたら、おしゃれで美人で魅力的なショップ店員さんが、わたしのレインブーツに反応。

「それどこのですか⁉」

と逆質問を受けた。ショップ店員に逆質問を受ける……こんな名誉なことなかなかない。この買い物は成功だ! わたしはジャパネットたかた前社長のような甲高い声で、このレインブーツと出会うまでの経緯や、このレインブーツがいかに本物の革靴に見えるか、どこで買えるかなどを熱く語った。いまここに書いたことと、ほぼ同じ内容を。

友達と休日にゆっくりお買い物……という機会がほぼゼロに近い現在。一人で外出した際に隙間時間を見つけては、嵐のようにショップに入り、嵐のように去っていきます。そのタイトな買い物につき合ってくれるのは、ショップ店員のおねえさん。サイズや色の展開や在庫状況を把握した、美しきプロフェッショナルである彼女たちのおかげで、慌ただしい買い物も快適にできるのです。

ハウスオブローゼとは何か

少し前に、ハウスオブローゼから夏セールのDMが届いた。2015年夏のセールは7月31日までか。忘れずに行かなくてはと手帳に書き込む。しかしふと思う。こんなに生活に密着しているけど、はたしてハウスオブローゼとは何か。かれこれ17年くらい愛用しているのに、実はよく知らない。

ハウスオブローゼは主要な百貨店や駅ビルには必ず入っており、お店を見たことがある女性は多いはず。スキンケアを中心に扱う化粧品メーカーだが、常に新商品を開発し、旬の女優を起用した華やかな広告で宣伝する一般的なそれとは、別次元にいる。CMはもちろん、雑誌にすら広告を出しているところを見たことがないけど、店舗数は極めて多く、過去17年、引っ越した先にハウスオブローゼがなかったためしがない。かなり本気で全国展開していて、ちょっと前までスタバがなかった鳥取にも2店舗あった。HPを見たところなぜか福井にだけなかったが、おそらく近々出店予定だろうとわたしは確信している。ハウスオブローゼはこう思っているはずだ。「福井の女性たちにも商品を届けなくちゃ」と。ハウスオブローゼのことをよく知らないと言いつつ、気がつけばそんな超ホワイト企業のイメージを持っている自分がいる。

ハウスオブローゼの店舗は、主張が激しくなく佇まいが清楚だ。商品パッケージも、ドラッグストアに並ぶキッチュなやつとは一線を画し、そこはかとなくヨーロッパ風。店員さんはみな感じがよく、カウンセリングも丁寧で、顧客管理は徹底している。いまはどこのショップでも高級感のある分厚いポイントカードで客を囲い込むけど、ハウスオブローゼは昔から一貫して紙製の手書きカードだ。客にアプリから登録させるような手間はかけさせせない。

看板商品の「ミルキュア　ピュア　ウォッシュ&パウダー」（税込4104円）は、とろっとした液体と粒子の細かいパウダーを混ぜて使う、変わり種の洗顔料。その名の通りミルクの濃厚な香りがよくて、ごわついた角質を一掃してくれる優れものだ。長年使いつづけているけど、よく考えたら洗顔料にこのお値段は、ほぼシャネルクラス。ただ、シャネルのことなら創業者の人生から名言、さらには現デザイナーのカール・ラガーフェルドが飼っている猫の名前まで知っているのに、ハウスオブローゼについては何一つ知らない。いつも近くにあるけれど、実はすごくミステリアスな、孤高の存在なのだ。

ポイントカードの割引率も気前がよく、お得なセール情報は積極的に教えてくれるけど、押し付けがましい売り込みは一切しない。少なくともわたしが知るこの17年、なにも変わらず、経営方針がブレたこともない。どう考えても只者ではない。なにかとてつもない経営哲学がありそうな気がするけど、声高に主張する気はなさそうだ。そういうところが好き！　それでこそハウスオブローゼである。

連載もそろそろ終わりかけとなり、どうしても紹介したくて、ハウスオブローゼのことを書かせてもらいました。週刊文春の連載という、書き手として最高の舞台で、ハウスオブローゼへの愛を叫んでから去りたい。そのくらい勝手に敬愛していたのです。なんなら株、買いたいくらい……。掲載後、創業者の方からお手紙をいただき、マリコ感激。愛が伝わって、マリコ満足。今後も使いつづけます！

ルンバ愛してる

おもしろい本を読んだ。『小林カツ代と栗原はるみ　料理研究家とその時代』阿古真理著（780円＋税）は、戦後に活躍した料理研究家のレシピや個性を通して、各時代の主婦のあり方や社会背景を網羅していく一冊。論じられているのは料理研究家という身近な存在なのに、いつの間にか女性史を体系的に見渡せる。

その中の小林カツ代の章に、衝撃的な記述があった。小林カツ代といえば手間を極力省いた時短料理の先駆者。彼女の登場に先んじて、1968年に『家事秘訣集　じょうずにサボる法・400』という本がベストセラーになっているが、主婦に支持される一方、「一部の男性には猛反撃をうけ」たそうだ。家事しない側の男性がなぜ？　と思うが、どうやら「サボる」という姿勢が反感を買ったらしい。「洗濯機が登場したときも、電気釜が登場したときも、『主婦が働かなくなる』と反対する男性が少なからずいた。彼らは、妻や母たちに、朝から晩まで家の中で立ち働いていてもらいたいのである」。

ガーン……。てことはその一部の男性にとっては、ルンバなんてありえないんじゃないか？　なにしろロボット掃除機ルンバがあれば、自分で掃除機をかける時間は、限りなくゼロになるのだから。

そう、わたしはルンバを、ついに買ったのである。家電量販店のポイント2万円分と、現金5万を出して。凄まじい出費だ。しかしこんなに買ってよかったと思ったものはほかにない。ロボット掃除機なんて未知の家電ゆえ、どのくらいの性能かまったく予想がつかなくて、ずっと手を出せずにいたけれど、本当に買ってよかった。革新的新商品にいの一番に飛びつく消費者をアーリーアダプターと呼ぶらしいが、２００2年のルンバ発売から遅れること13年、ついに購入に踏み切ったのだった。

これだけ待った甲斐あって、改良に改良を重ねられているのか、性能はすこぶる良い。床のものを片付けてルンバを作動させるや、部屋中くまなく動き回って、ゴミや微細なほこりを吸いまくり、終わると自力でおうち（ホームベース）に帰って静かに充電している。その健気な姿、任務完了など場面場面で発するスイッチ音のいじらしさ、なにより「ルンバ」という名前の群を抜いたチャーミングさ。どこをとっても愛すべき存在だ。ロボット掃除機は各メーカーこぞって出しているけど、餅は餅屋ということと、あと語感で、わたしはアイロボット社のルンバに決めた。

洗濯機や電気釜で主婦が楽をすることに拒否反応を示した昔の男性たちも、ルンバになら心を開いたのではないかと思う。むしろ現代では、ルンバを率先して買っているのは男性の方だろう。散々「わたしが買った」と書いているけど、実際にルンバを買ってきたのは夫だし。男性がルンバを好きな気持ちは、なんだかすごく、わかる気がする。

ちなみにうちの猫は、まだルンバに乗ってくれない。まだっていうか、絶対乗ってくれないと思う。

家電製品の発達によって、本当に主婦の仕事は減ったのか？　その答えは、『お母さんは忙しくなるばかり―家事労働とテクノロジーの社会史』（ルース・シュウォーツ・コーワン著）に詳しい。ともあれ、ルンバ導入によって劇的に掃除の手間が省けました。持論では、掃除と片付けはまったく別物で、その両方が得意という人はなかなかいない。わたしも片付けは好きですが掃除は面倒くさがる方なので、ルンバはまさに救世主です。

コーヒーと昭和とわたし

昭和の流行作家獅子文六の作品が、最近ちくま文庫から復刊されている。『七時間半』（840円＋税）という小説も出てすぐに買ったけれど、実はまだ読んでいない。この本、フランキー堺主演で『特急にっぽん』の題で映画化されていて、そちらもずっと観たいと思っていたのだ。原作小説か映画版か、どちらから先に手をつけるべきか……。

　原作ものの映画は、どっちから攻めるかでいつも悩む。原作→映画の順だと脚色の具合が気になって仕方ないし、キャスティングに関しても「イメージと違う」などと小うるさい視点で見がち。映画→原作だと、映画の残像をなぞるような読書になって、ワクワク感が目減りしてしまう。

　その点、獅子文六の『コーヒーと恋愛』（880円＋税）は、映画から入って原作も充分楽しめた。映画版は『「可否道」より　なんじゃもんじゃ』というタイトルで昭和38年に公開されている。主人公のモエ子を演じるのは、原作の年齢設定と同じ、当時43歳の森光子！　年下の夫と暮らすモエ子は、コーヒーをいれるのが天才的にうまい。仕事でいろいろあってむくれていた夫も、モエ子のいれる美味しいコーヒーを飲めばご機嫌だ。

昭和中期に出版された小説に出てくる「コーヒー」という言葉には、まだまだ舶来品のロマンが漂っている。コーヒーミルは「コーヒーひき」で、ペーパーフィルターではなく「綿ネルのコシ袋」を使用。映画ではこのコシ袋を、ドリッパーを使わずコーヒーポットに直にかぶせて、やかんのお湯を注いでいた。「可否会」という名のコーヒー通の集まりまで出てくるが、たしかにコーヒーはこだわりだすとキリがない、底なし沼のような趣味である。

わたしもここ数年、豆で買ったものを手動のコーヒーミルで挽くなど、地味に凝りだしている。しかし、毎日毎日ハンドルを回し、ゴリゴリゴリゴリ自力で豆を挽くこと3年、ついに力尽きた。電動のコーヒーミルが欲しくていろいろ調べてみると、そこは魅惑の世界。ただ豆を挽くだけの機能なのに、値段の幅がすごいことになっている。高い部類にはフジローヤルの「みるっこ」(約5万円)などがあり、業務用らしい渋い見た目に物欲がそそられる。しかし5万て!

予算5000円ほどで考えていたけれど、5万という数字を見たことで自分内相場が釣り上がり、見た目がすっきりしたボダム「ビストロ 電気式コーヒーグラインダー」(購入価格1万6000円+税)に決めた。ボタン一つで豆を挽ける喜びに、毎朝打ち震えている(そのくらい手動で豆を挽くのが手間だった)。

ところで、獅子文六のリバイバル人気を見るにつけ、源氏鶏太は? と思ってしまう。あやや(若尾文子様)主演の『青空娘』など、映画では「原作 源氏鶏太」のクレジットをよく見かけるけど、ほとんどが絶版で、一冊も読んだことがない。『丸ビル乙女』なんて、いかにも面白そうだ。いまいちばん読みたい小説かもしれない。丸ビル乙女。

「昔、源氏鶏太の小説をたくさん読みました」と、年配の読者さんからうれしい反響が。『丸ビル乙女』も知人から譲ってもらいました。そしてそして、なんとちくま文庫で、満を持して源氏鶏太が復刊！　第1弾となる『青空娘』では、不肖わたくしめが解説を書かせていただいております。実は源氏鶏太は同郷の大先輩。『わが文壇的自叙伝』によると、鶏太（呼び捨て）の実家、けっこう近所でした。

ホテルオークラ礼賛

上京してもうすぐ10年。憧れの東京は、住んでみると意外と驚きのない街だった。テレビや雑誌やネットによって、知らず知らずのうちに必要以上に予習できていたらしい。なんでも事前に情報を入れられる世の中では、無知ゆえの強烈な感動を味わうことは難しい。というわけで、東京に来ていちばんカルチャーショックを受けたのは、渋谷のスクランブル交差点でも満員電車でもなく、高級ホテルだった。

２００８年に文学新人賞をいただき授賞式に出ることになって、生まれてはじめて京王プラザホテルに行った。「京プラ」のティーラウンジは、3階なのに窓の向こうには緑が広がって、ソファはこの上なくゆったり配置され、セレブっぽい人種が昼間からくつろいでいて、いろんな意味でビビった。1000円以上する紅茶をすするとき、ティーカップを持つ手が震えてカチャカチャと鳴ったその音まで、わたしは憶えている。

作家のはしくれになったことで高級ホテルに行く機会がちらほら出てきた。打ち合わせに指定された小田急ホテルセンチュリーサザンタワー20階の、レストラン トライベックスもなかなかスゴかった。「インターコンチ」と言われてプロレスを連想したが、ANAインターコンチネンタルホテル東京（旧名称は東京全日空ホテル）のことだった。東京の高級ホテルには「格」みたいなものがあり、その最高峰である御三家が、帝国ホテル、ホテルニューオータニ、そしてホテルオークラであると知ったのは、わりと最近のことだ。

その3つの中でもホテルオークラ東京は、すごくすごく特別な存在である。亀甲紋や麻の葉模様といった日本古来の文様がモダンにアレンジされ、日本の建物にありがちなとってつけたような安っぽさは微塵もなく、なんとも言えずノーブルなのだ。

そのホテルオークラ本館取り壊しのニュースは、本当に衝撃的だった。東京はスクラップアンドビルドが激しすぎて、いつか行きたいと思っていた場所が、行く前にどんどん消えてしまう。これは壊さないでしょと思っていたものまで、壊される。その無慈悲さにおいて、まさに世界トップクラス。海外では文化人によるオークラ取り壊し反対運動もあったらしいが、本館の営業は2015年8月いっぱいまでという。

せめて一泊して名物のフレンチトーストにありつこうと、大慌てで予約をとった。ロビーの顔でもある切子玉形のオークラ・ランタンを、目が痛くなるまで焼き付けてこなければ。

できれば泊まってからオークラの素晴らしさをネチネチと書き連ね、心ゆくまで礼賛したかったが、実はこの連載、次回がラストなので、ギリギリ間に合わなかった。一応値段を書いておくと、スーペリアツイン大人2名朝食付きで約3万5000円と、思っていた額の半分くらいで、なんだか悲しかった。もっとふっかけてもいいのに。あんなに美しいんだから。

オークラ本館のような建物がなくなることのさびしさは、筆舌に尽くしがたい。まあ、いろいろ事情があるんだろうけど、決まってしまったことは仕方ないか。そこで、この際だから目一杯思い出を作ろうと、まったくやる予定のなかった結婚式を、オークラで開くことに！　老舗高級ホテルでありながら、スタッフの方に気取ったところがなく、ホスピタリティーがアットホームで素晴らしい。田舎の両親も大変喜んでました。

リトルブラックドレス

リトルブラックドレスとは、文字どおり黒のシンプルなドレスのこと。ドレスという言葉からはゴテゴテと装飾的なイメージが浮かぶけれど、その対極にあるような飾り気のない、それでいて小粋な服のことだ。それまで西洋の女性は、ウエディングドレスばりのデコラティブな服を日常的に着ていたのを、ココ・シャネルが革新した。リトルブラックドレスは、「女性が束縛から解放され始めた時代の自由なコスチューム」の象徴なのだ。

オードリー・ヘプバーンが『ティファニーで朝食を』で着ていたジバンシィのカクテルドレスが、リトルブラックドレス史上もっとも有名な一着とされる。何連にもなったパールとティアラを合わせた姿は、そのままアカデミー賞にでも行けそうなくらいゴージャスだ。劇中ではこれとは別の、裾にフリルのついたリトルブラックドレスが登場して、少なくとも3回は着回しされている。つば広の女優帽をかぶってマフィアのドンとの面会に行ったかと思えば、大ぶりのネックレスとイヤリング、そしてうんと長いキセル（シガレットホルダー）を持つことでエッジを効かせてパーティーに出席、クラブに遊びに行くときは羽飾りのついた変わった帽子を合わせて変化をつけていた。リトルブラックドレスのお手本みたいな着回し術である。

黒のワンピースはどこにでも売っているけど、着回しがしやすいシンプルなものとなると、意外と見つからない。決まっていらない飾りがついていたりするのだ。半年ほど前、ようやくなんの変哲もないリトルブラックドレスを見つけて買った。ちょっとした家賃くらいの値段だった。もう何度も着ているが、毎回アクセサリーや靴は変えて、できるだけ同じ服だとバレないようにしている。リトルブラックドレス着回し術を実践してわかったのは、すごく経済的だということ。着れば着るほど減価償却されていくのはもちろん、予定の前日に「着ていく服がない！」と騒ぐこともなくなって、心持ちが穏やかなのである。その心の余裕を、ちょっとした家賃並みのお金で、買ったんだと思っている。

さて、プラダの長財布からはじまったこの連載も、今回が最終回。ブランドものを買い漁るでもなく、投資に興味を持つでもなく、マンションを買うとか言い出すでもなく、ただ毎週淡々と、必要なものだけを買って、普通に暮らしてきた。恐ろしいことに1年ちょっとの間、一度もネタに困らなかった。

年齢と懐具合と相談しながらちょっとずつ買い集めたものたちで、いまのわたしはできている。財布、傘、バッグ、手帳、靴、ジーパン、ヘアブラシ、机。自分が選んだもので、自分自身が形作られている。これは毎日の食事がその人を作っているのと同じこと。おろそかにしちゃいけない。

今後は、手に入れたものを長く使うのがテーマ。来週あたり、角がハゲてきたプラダの財布を、修理に出しに行く予定である。いざ、お伊勢丹へ！

　こんなにお伊勢丹お伊勢丹と連呼しておきながら、下町への引っ越しに伴い活動エリアが変わって、すっかり新宿が遠くなりました。新宿の代わりに最近は、銀座や丸の内、日本橋など、大人の街に出没しています。苦難のニート時代を経ているせいか、自分で働いて得たお金で、好きなものを買える喜びもひとしお。反消費でも消費礼賛でもなく、そこそこまじめな消費者でありたいと思っています。

初出
お伊勢丹より愛をこめて
「週刊文春」二〇一四年四月十日号〜二〇一五年八月六日号を加筆・訂正
本文イラスト・川原瑞丸

文春文庫

買《か》い物《もの》とわたし
お伊勢丹《いせたん》より愛《あい》をこめて

定価はカバーに表示してあります

2016年3月10日　第1刷
2023年5月30日　第4刷

著　者　山内《やまうち》マリコ
発行者　大沼貴之
発行所　株式会社 文藝春秋

東京都千代田区紀尾井町 3-23　〒102-8008
TEL 03・3265・1211㈹
文藝春秋ホームページ　http://www.bunshun.co.jp

落丁、乱丁本は、お手数ですが小社製作部宛お送り下さい。送料小社負担でお取替致します。

印刷製本・凸版印刷
Printed in Japan
ISBN978-4-16-790582-8